捨て身の大芝居

大仕掛け 悪党狩り 3

沖田正午

時代小説

二見時代小説文庫

目次

捨て身の大芝居——大仕掛け悪党狩り3

第一章　雪の夜の惨劇

一

三味線《しゃみせん》の音も、凍《い》てつくほどの寒さだ。
ちらほらと初雪も降り出す、霜月《しもつき》半ばの宵。柳橋《やなぎばし》界隈を新内《しんない》流しが、弾き語りながらゆっくりと歩みを進めている。

〽暗い空から降る雪も　ぬしの邪険と同じもの
　身に染む寒さにかわりゃせぬ　今宵は冷たい独り夜を……

即興で作った詞《うた》を、太棹《ふとざお》三味線を弾きながら語るのは川内屋弁天太夫《せんだいやべんてんだゆう》。そして、三歩うしろを二上がり調子で三味線を合わせるのは相方の松千代《まつちよ》である。

この日は一刻ほど流し歩いたが、口開け一件の客を得ただけで、今夜は稼ぎにありつけそうもない。いつしか小雪が牡丹《ぼたん》雪となり、三味線の胴に雪の結晶が形を成している。


「お松、そろそろ上がろうか?」

弁天太夫が新内語りを止め、吹流しの手拭いを被《かぶ》った松千代に声をかけた。

「そうだね、おまえさん」

今夜の締めの一節と、弁天太夫《や》が三味線を高鳴らしたところで、ブツンと音を立てて三の糸が切れた。

「糸が切れやがった。どの道これじゃ、仕事にならねえ」

仕事じまいのよい口実になったと、弁天太夫が苦笑いを見せた。

弁天太夫というのは芸の名で、本名は鉄五郎《てつごろう》という。相方の松千代はその女房で、夫婦でもっての新内流しであった。二人の住まいは、浜町堀《はまちょうぼり》に架かる小川橋《おがわばし》近くの高砂町《たかさごちょう》にある。柳橋からは十五町ほどであり、四半刻も歩けば暖にありつける。

「急ごうか、お松」

三の糸が切れ、三味線が弾けなければ、路地裏に長居は無用である。二人は横並びとなって足を急かせた。

大川《おおかわ》との合流に架かる柳橋で神田川《かんだがわ》を渡り、両国稲荷《りようごくいなり》の脇を通って道を辿《たど》れば大通りへと出る。江戸でも有数の繁華街両国広小路《ひろこうじ》と呼ばれるところである。昼間は、人の通りがままならぬほどの賑わいを見せているが、夜四ツに半刻ほどともなれば、人通りはめっきりと途絶える。ましてや、雪の降る寒い夜とあらば、餌《えさ》にありつこうとふらつく野良犬しかお目にかかれない。

両国広小路には、見世物小屋や芝居小屋が林立している。防災の都合上、そこには常設の小屋は建てられず、すぐに取り壊しができるよう、筵《むしろ》で覆った簡易造りの建屋が多く見られた。それでも舞台もあれば、五十から百人ほどが入れる客席もあり、座員が出を待つ楽屋すらも設けられている。

柳橋から、両国広小路に出たところに『南野座《みなみのざ》』と名がつく芝居小屋があった。この二十年間、壁の役割を果たす筵茣蓙《むしろござ》を取り替えただけで建替えもせず、ずっと興行をつづけている老舗《しにせ》の芝居小屋である。席亭の名は喜八郎《きはちろう》といい、鉄五郎も弁天太夫として世話になったことがいく度もあった。

江戸三座と謳《うた》われる本格歌舞伎《かぶき》からは、御出木偶《おでこ》芝居と蔑《さげす》まれる大衆演劇や色物を上演する小屋である。南野座は芝居ばかりでなく、手妻《てづま》や神楽《かぐら》、義太夫《ぎだゆう》語りに講釈話など多種の演芸場としても使われ、売れない芸人たちの拠《よ》りどころでもあった。鉄五郎と松千代も二年ほど前、南野座の世話になっていたことがある。芝居の前座としてよく三味線語りを演じていたものだ。かけ出しの芸人にとっては、登竜門《とうりゅうもん》といわれる場所でもあった。

その南野座の木戸口に『花村貫太郎《はなむらかんたろう》一座』と書かれた幟《のぼり》がはためいている。正面入り口付近には、上演している演目の看板が掲げられ、明日の客入りを待っている。

「喜八郎の親爺《おやじ》さんには、世話になった」

鉄五郎と松千代が、南野座に出演していたころからは、大分《だいぶ》時が経つ。徳次郎《とくじろう》という新内三味線の師匠《ししょう》の家が近いこともあり、たびたび前を通るのだが立ち寄ったことはここしばらくない。

鉄五郎と松千代が、南野座の木戸口にさしかかったところであった。

「……ん？」

小首を傾げて、鉄五郎が立ち止まった。

「どうかしたかえ、おまえさん？」

「なんか、おかしい」

夜は閉まっているはずの、南野座の木戸口が開き、寒風に吹かれてはためいている。

鉄五郎の脳裏に、いやな予感が奔《はし》った。

「お松は危ねえから、ちょっとここで待っててくれ」

「危ねえからって、何かあったのかい？」

「不吉な予感がする。中にやばい奴がいるかもしれねえ。いいからおれの三味線を持って、ここにいてくれ」

「分かったよ。気をつけて、お行き」

鉄五郎が一人、芝居小屋の中へと入った。中は暗く、客席を隔てる筵一枚をめくるとその先が、百人も入れる客席である。客席はだだっ広く、板間となっている。柱にかけられた燭台のいくつかに明かりが灯《とも》り、中の様子が一目で分かった。

「なんでい、これは？」

板の間に点々と染みがあるのは、人の血のようだ。それが舞台に向いている。舞台は、二尺ほど高くなってる。鉄五郎は舞台に上がり、血の跡を辿った。舞台の袖《そで》に楽屋がある。

十畳ほどの楽屋が、二部屋ある。一座の座員が寝泊まりもでき、生活を送れるようになっている。鉄五郎も、以前は楽屋の片隅に座り出番を待っていたものだ。その懐かしい楽屋に、一歩足を踏み入れたところであった。

「こりゃ、酷《ひで》え！」

絶叫に近い声を発して鉄五郎は、駆け出すように外に飛び出すと、松千代を呼んだ。

「中が大変なことになってる。一緒に来てくれ」

松千代を連れて、再び小屋の中へと入った。

「これって、血じゃない」

床に点々とある血の跡を、松千代もすぐに気づいた。

「ああ。楽屋に三人倒れてる。一人は若い娘で、お松の助けが必要だ」

松千代を番屋に走らせようか迷ったが、娘に息があるのを鉄五郎は知って、救護を優先した。

楽屋の中に男が二人うつ伏せで倒れ、一刀のもとに斬られた背中から夥《おびただ》しい血が流れている。血飛沫《ちしぶき》が、楽屋の天井まで達しているほどの凄惨さだ。殺された男の一人は席亭の喜八郎であることは、鉄五郎でも分かった。

「……お席亭」

「旦那さま……」

鉄五郎と松千代の口から、絞り出るような苦渋の声が漏れる。すでに絶命している喜八郎の骸《むくろ》に向けて『南無阿弥陀仏　南無阿弥だぶ……』と、念仏を三遍唱えた。

もう一人の男にはまったく覚えがない。顔が真っ白く塗られているが、着ている物は普段着のような小袖に綿入れを纏《まと》っている。芝居が跳《は》ねてから、かなりの刻が過ぎているのに、化粧を落としていないのが不可解であった。

「……白塗りを落とさないのか？」

鉄五郎が首を捻《ひね》ったところで、白塗りの口からうめき声が漏れて聞こえた。何か喋《しゃべ》っているようだと鉄五郎は耳を近づけた。すると微《かす》かに声を発している。

「……ぶはん……」

前後の声は聞き取れず、そこだけが鉄五郎の耳に入った。そして、力尽きたか男の息が途絶えた。

白塗りで人相が分からず、齢《とし》も知れない。だが、体の様子からして、四十歳はゆうに超しているようだ。

男二人は絶命したが、二十歳前後の娘の刀傷は浅く、致命傷にはなっていない。だが、こめかみあたりから、血が流れている。傍《かたわ》らに、姿見の鏡台が置いてある。倒れる際に、鏡台の角《かど》に頭をぶつけたものと思われる。台の角にも、血の跡がついている。

「まだ息がある。お松、ここからなら玄沢《げんたく》先生が近い。すぐに呼んできてくれ」

「はいよ」

松千代が外に出て間もなく、どやどやと人が近づいてくる気配がした。

「うわっ！」

いずれも一座の座員たちであった。八人の驚愕の声が、一斉にそろった。

「座長に、お席亭……」

驚きで、声になっていない。

「あんたか？」

座員の一人から、疑いの声が鉄五郎に向いた。

「おれを疑う前に、番屋に行って役人を呼んできてくれ」

鉄五郎の促しに、座員の一人が走り出した。残った座員七人のうちに、女が二人交じる。いずれも二十代半ばの、女芸人たちであった。

「お梅《うめ》ちゃん……」

倒れている娘を、女芸人の一人が揺り動かした。

「動かしちゃ駄目だ。頭を強く打って、気を失っている。今、おれの連れが医者を呼びに行ってるところだ」

　医者と役人が来るには、まだ間《ま》がありそうだ。その間に、鉄五郎はここにいる事情《わけ》を説いた。八人の座員たちは外に出て、夕餉《ゆうげ》を摂《と》ってきたという。顔が赤い者もいて、この惨状を知らずに酒を呑んでいたものと思われる。

「この白塗りの顔の男は？」

「座長の、花村貫太郎で……」

　鉄五郎の問いに答えたのは、五十代半ばの、一番年嵩《としかさ》のいった友ノ介《とものすけ》という男であった。

「なぜに、化粧を落とさないので？」

「いや、分からねえ。ずっと前からそうなんだが、理由《わけ》を訊いても、それだけは教えてくれなかった」

　友ノ介のほかの座員を見ても、みな一様に首を振るだけである。

「この娘さんは？」

「座長の娘で、梅若《うめわか》太夫という娘手妻師だ。扇《おうぎ》から、花吹雪《ふぶき》を飛ばす芸が得意でして……お梅ちゃんまで、なんでこんな目に遭わなくちゃいけねえ」

　友ノ介の涙声に、座員一同が悲嘆にくれる。ようやく現場の悲惨さを現実のものととらえたようだ。

先に駆けつけてきたのは、松千代に案内された医者の玄沢であった。まずは、男二人の絶命を診取ると、すぐに梅若太夫の診立てに入った。

「頭を強く打っているようだ。すぐに、わしのところに運んでくれ。泣いている暇はないぞ」

白の十徳《じっとく》を羽織り、くわいの芽のような髷《まげ》と顎《あご》に山羊髯《やぎひげ》を蓄えた玄沢が、座員に向けて言った。芝居の大道具で使う戸板にそっと梅若太夫を乗せ、四人の男衆《おとこし》の手で玄沢の医療所へと運ばれる。

「娘さんの容態《ようだい》はどんな具合で？」

「刀傷はさしたることはないが、頭の傷は予断がならない。打ちどころが悪いようだ」

鉄五郎の問いに、玄沢は眉間《みけん》に皺《しわ》を寄せて答えた。

「なんとかしてやってくださいな、先生」

「むろん手は尽くしてみるが、その先はなんとも言えん。ただ、命には別状はなさそうだ」

命は助かると聞いて、安堵したのは鉄五郎と松千代だけでない。座員たち一同の、安堵する息も聞こえてきた。だが、歓喜はない。座長の花村貫太郎は、すでに殺されているのだ。

二

梅若太夫が玄沢のもとに運ばれ、しばらくすると定町廻《じょうまちまわ》り同心が、岡引《おかつぴ》きを連れてやってきた。

「酷《ひで》えもんだな」

楽屋の惨状に、同心は顔を顰《しか》めながら言った。

「殺されているのは、男二人か？　この斬られ方じゃ、下手人《げしゆにん》は侍だな」

死因がはっきりしているので、おざなりの検死であった。

「ほかに娘さんが倒れてましてね……」

腰を落とす同心の背中に、鉄五郎が声をかけた。

「おや、おめえは……」

同心が振り向き、鉄五郎の顔を見上げた。鉄五郎の顔を見知る同心で、いく分驚きの表情となった。北町奉行所の猿渡《さるわたり》という定町廻り同心で、鉄五郎も見知っている。

さほど親しくはなく、鉄五郎としては頼りがいのない同心だと思っている。ただ、事件があるたび現場で顔を合わせる、妙な縁があった。

「新内流しが、どうしてここにいる？」

「仕事の帰り、前を通りかかったら何か変な予感がして、中に入ったらこの惨状《ありさま》でして。南野《ここ》座の席亭の喜八郎さんには、おれたちがかけ出しのころ世話になってまして……」

鉄五郎の頭には、手拭いを折った吉原被《よしわらかぶ》りが載っている。

「すると、新内を流した帰りってことか。だったら、相棒の女はどこにいる？」

相方が松千代であることも、猿渡は知っている。

「倒れていた娘さんを今、玄沢先生のところに運んで。お松が付き添ってますんで」

「なんで、そんな勝手なまねをしやがるんで。現場に手をつけちゃいけねえことぐれえ、知らねえってのか？」

余計なことをしたと、猿渡はかなり激しい口調で詰《なじ》った。

「知ってようが知っていなかろうが、怪我をしてる娘さんを放っちゃおられんでしょ。すぐさま、医者に診せなくてどうするんで？」

猿渡のもの言いにカッとなったか、鉄五郎の口調も荒くなった。その言葉に押されたか、猿渡は舌打ちをしたもののそれ以上の責句《せめく》はなかった。

「その娘の、命は助かったのか？」

「ええ。ですが、倒れた際、頭を鏡台の角にぶつけたようで、そっちの傷のほうが気がかりだと玄沢先生は言ってましたぜ」

「そうかい。それはそうと、こっちの男の顔は白塗りの化粧だが？」

花村貫太郎の死に顔を見て、猿渡が座員の誰にともなく問うた。

「座長は、普段から化粧を落としませんで」

「すると、死んでるのは座長の花村貫太郎か？」

「ええ、さいです」

座員の友ノ介が答えた。

「襲った下手人《げしゆにん》に、心当たりはねえかい？」

「まったくございません」

大きく首を振り、友ノ介が言い切った。

「ほかに、気づいたことは？　なんでもいいから、話しちゃくれねえか」

現場に残った座員たちの、誰にともなく猿渡が訊いた。だが、ここに残っているのは友ノ介と女形《おやま》の男、そして女芸人が二人である。それと梅若太夫を運んでいった男衆四人が、一座の全員である。そろって首が横に振られた。

一刀のもとでの斬殺ならば、下手人は侍であるに違いない。だが、同じ侍でも禄《ろく》がある武士か、又は野に放たれた浪人のどちらかである。

「これは、物盗りかもしれんな」

十手《じって》の心棒で軽く自分のほっぺたを叩きながら、猿渡は自論を口にした。

「南野座の席亭は、たんまり金を貯め込んでるって聞くからな」

ブツブツと呟く猿渡の独り言を、鉄五郎は黙って聞いている。

「座長の花村貫太郎は、巻き添えってことか。ここまで酷え殺し方となったら、下手人は喰い詰めた浪人とみていいだろ」

決め付けるような、猿渡のもの言いであった。下手人が浪人であれば、探索は町奉行所の管轄となる。その線で役人が動けば、部外者の立ち入る幕ではない。松千代が戻ったら引き上げようと、鉄五郎は考えていた。

「新内流し……鉄五郎って言ったっけ？」

猿渡の顔が鉄五郎に向いた。どうやら、名前は憶えていてくれたようだ。

「あんたは何か、気づいたことはねえか？」

鉄五郎には、分かっていることが一つだけあった。それが町奉行所の探索の役に立てばとの思いで、猿渡に手がかりとして与えることにした。

「駆けつけたときには、まだ座長に息がありまして。今わの際《きわ》にこんな言葉を……」

「なんて言っていた？」

重要な手がかりと思ってか、猿渡の声音《こわね》が大きく返った。

「ほとんど虫の息だったので、はっきりとした言葉ではなかったのですが、たしか『ぶはん』って……」

「たった、それだけかい？」

「ええ、それだけで」

「なんでえ、『ぶはん』だけじゃ、分からねえな」

たいした手がかりではないと、猿渡の気落ちした様子がうかがえた。だが、鉄五郎は内心で思っていた。そういう細かなところを抛りどころにしないで、どこから探りを入れるのだと。猿渡という同心を頼りないと思うのは、こういうところからであった。数か月前の、関わりあった事件の探索でも、探索がおざなりであったのを、鉄五郎は憶えている。

間もなくして、松千代と梅若太夫を運んだ四人の座員が戻ってきた。猿渡は同じ問いを繰り返したが、誰からも糸口になるような、有力な答が返ることはなかった。

夜四ツに近くなっている。高砂町に帰るまでに町木戸が閉まってしまうと、鉄五郎は引き上げることにした。

「お松、おれたちはもういいだろ。帰ろうか？」

「そうだね、おまえさん」

「よろしいですかい、旦那？」

「ああ。もう、おめえたちには用がねえ」

猿渡の許しを得て、鉄五郎と松千代は小屋の外へと出た。深々《しんしん》と雪が降り、足元にいく分の積雪があった。江戸の初雪は、大雪になりそうだ。


雪を踏みしめ、家路を急ぐ。

高砂町の家に戻ると、すぐさま長火鉢に炭を熾《おこ》して暖を取った。凍《こご》えた手を温め、ようやく二人は人心地《ひとごこち》がついた。

南野座での興奮が残る。すぐには寝られないと、火鉢の五徳《ごとく》に鍋を載せ、熱燗《あつかん》を沸かした。鉄五郎と松千代が、差し向かいで酌《しゃく》を交わす。

「大変な事件に遭遇したな」

今宵の二人の話題は、これに尽きる。

「席亭の喜八郎さんは、気の毒なことになった」

「なんとかしてやれないかね、おまえさん」

「なんとかするってのは？」

「萬店屋《まんだなや》の力で、下手人を捜すとか……」

「頼りないところがあるが、猿渡の旦那が動いてるんだ。おれたちがしゃしゃり出る幕では、まだねえだろ」

「まだってことは、おまえさんに何か思惑があるってのかい？」

松千代が、徳利の差し口を鉄五郎の猪口《ちょこ》に向けながら訊いた。

「いや、そんな意味じゃねえが、ちょっと気になることがあってな」

注がれた酒を、グッと一息で呑み干し鉄五郎が言った。

「気になることって……？」

「猿渡の旦那にな、手がかりを授けたんだ。座長が死に際に言い残した『ぶはん』って言葉をな。だが、あの旦那の顔は、たいしたことじゃねえって様子で、気にする風でもなかった」

「たしかに『ぶはん』だけじゃ、何も分からないだろうね。あの同心じゃ、無理もないわよ」

数か月前、浜町堀に架かる栄橋《さかえばし》の袂で変死した娘を、面倒くさそうに検死をしていた猿渡の姿を松千代も憶えている。頼りないと思うのは、松千代も同じであった。

「だからといって、今は余計な手出しはできねえ。少し、様子を見ようかと思ってる」

「それじゃおまえさん……？」

「ああ、そうだ。事と次第によっては、でしゃばらなくちゃいけなくなるかもしれねえ」

鉄五郎は、新内流しとは別に裏の顔をもつ。『萬店屋』という、多角の事業を統括する、一大集合事業体の統師《とうすい》であった。その業種たるや多岐にわたる。傘下には江戸市中に、本支店合わせて百以上も店がある。呉服商、材木商、廻船問屋、両替商、石材屋、口入屋《くちいれや》、建設業、水産市場、讀売屋《よみうりや》等々を傘下に置いている。それぞれの業種の頭につく屋号は『三善屋《みよしや》』といい、創業以来それが店の通り名であった。そこから集まる萬店屋の財たるや数百万両、いや数千万両ともいわれる。

表向きは一介の新内流し芸人だが、世の中に蔓延《はびこ》る悪党を地獄の淵に陥《おとしい》れるのが萬店屋の統師としての務めだと、鉄五郎は考えている。

「なんだか、こっちにお鉢が回ってくるような、そんな予感がするんだ」

「もしもそうなったら、おまえさんは動くのかい？」

「ああ。世話になった席亭が殺されたんだ。それと、何も関わりがないと思われる梅若太夫って娘芸人も……そういえば、娘さんの容態はどうだって玄沢先生は言ってた？」

鉄五郎の問いに、松千代は口をへの字に曲げて小さく首を振った。その様子から、容態がはかばかしくないことが知れる。

「なんとか一命は取り止めそうだけど、頭の傷が酷いと」

「そこは、小屋の中でも聞いたが……やはり」

「かなり強く打っているので、頭に傷害が残るかもしれないって。もう、手妻は無理。いえ、それればかりじゃなく、他人《ひと》の手助けがないと、生きていけないかもしれないと」

「そんなに酷えのか？　それにしても、気の毒なもんだ」

憤る勢いで、鉄五郎は悔しさごと酒を呷《あお》った。

「とりあえず、町方役人がどれだけ探れるか見ていようじゃないか」

「そうだね、おまえさん。あと一本、つけようか？」

「いや、いい」

言って鉄五郎は立ち上がると、雨戸を開けて外の様子を見やった。

「雪は、止《や》んだようだな」

さほど積もってなければ、明日は早朝から動ける。鉄五郎は、朝一番に行くところがあると言って床《とこ》についた。

三

夜が明けると、うって変わった上天気であった。

朝の日差しは、夜半にうっすらと積もった雪をすぐに融《と》かした。鉄五郎は朝めしを摂るとすぐに出かける用意をした。仕度《したく》といっても、小袖《こそで》に綿の入った半纏《はんてん》を被せるだけである。

「ちょっと、甚八《じんぱち》さんのところに行ってくる」

向かう先は伝馬町《てんまちょう》の、讀売三善屋であった。甚八は三善屋の大旦那で、鉄五郎の配下となる。二十ほど齢に差があるも、五分《ごぶ》の義兄弟の契《ちぎ》りを交わす仲であった。

南野座の事件に関わることはないが、外からでも動きだけは知っておきたかった。

そのために、讀売屋との繋がりは鉄五郎にとって不可欠となる。

早朝といっても鉄五郎が家を出たのは、朝五ツを報せる鐘が鳴る、少し前であった。四半刻もかからず伝馬町には着ける。すると、三善屋の戸口の前が騒がしい。数人の男女が、遣戸《やりど》を開けて出てくる姿があった。みな顔見知りだが、その中にいる若い男女が、鉄五郎とはとくに親しい。

「浩太《こうた》にお香代《かよ》……」

「おや、鉄さん」

「あら、鉄さま」

声をかけると、二人の驚く顔が向いた。

「どうしたんです、こんなに早くから？」

浩太の問いであった。

「もしかしたら、南野座に行くのか？」

さらに二人の驚く顔となった。みな、南野座の事件の聞き取りに向かうところであった。

「どうして鉄さまは、それをご存じなので？」

お香代という、二十二歳になる女記事取りの問いであった。

「第一発見者は、おれとお松だからな」

「なんですって？」

驚愕ともいえる声音が、通りの先まで届き、道行く人の顔が向いているのが見えた。

「ちょっと、声がでかいな。南野座に行くんだったら、今どんな様子だかあとで聞かせてくれ」

「鉄さんは行かないので？」

「おれがふらふら行ったところで、探索の邪魔になるだけだ」

「でしたら、あたしが残りますから、そのときの様子を詳しく聞かせていただけないかしら？」

第一発見者から直《じか》に話を聞けるとは、記事取りにとってこれほど冥利《みょうり》なことはない。他の讀売屋を出し抜く記事が書けると、お香代が意気込んだ。

「そうだな。それと、甚八さんに話があるが、今いるかな？」

「ちょっと出かけてまして、四半刻もしたら戻ると思います」

その間に話を聞かせてくれと、お香代の目が丸くなっている。

「だったら、浩太に頼む。殺された席亭には昔世話になったんでな、弔《とむら》いがどうなるかも、誰かに訊いてきてもらいたい」

「へい。それで、何か分かったらどうします？」

「浩太が戻るまで、ここで待ってる」

「分かりました。半刻ほどで、戻ってきます」

浩太が走るように現場に向かい、鉄五郎とお香代は中へと入った。

客間として使う西洋部屋で、テブルという大きな卓を挟み、鉄五郎とお香代は向かい合って座った。

鉄五郎の話を一言一句漏らさず書き取ろうと、お香代は筆と巻紙を持って身構えている。

「きのうの夜、初雪が降ってな。柳橋あたりを流したが……」

客からのお呼びがなかったと、鉄五郎の話は仕事の愚痴《ぐち》から入った。

「稼ぎがなかったのはお気の毒ですけど、南野座の事件のことを詳しく話していただけないかしら」

愚痴を聞いているほどの暇はないと、お香代が注文を出した。

「両国広小路に南野座ってのがあってな、そこはおれとお松がかけ出しのころ、ずいぶんと世話になった小屋だ。席亭の名は喜八郎さんといってな……」

ようやく核心に入りそうだと、お香代は筆先に墨を浸した。

「そのお席亭が殺されなさったと」

「お香代はそれをなんで知った？」

話を急《せ》かすつもりだったのが、逆に鉄五郎の問いとなった。

「先ほど兄《あに》さんが、殺されたのはお席亭と言ってましたから。それに、ここから両国は近いですから、騒ぎはすぐに耳に入ります。でもまさか、鉄さまが最初の発見者だとは思ってもいませんでした。余計なことはけっこうですから、そこを詳しく話していただけませんか？」

「それでな、南野座の前まで来ると木戸口の板戸がパタパタとはためいてるではないか。普段なら閂《かんぬき》をかけて、人の出入りはできないようにしてあるはずだ。おかしいと思ってな、三味線をお松に持たせて、外で待たせた。危ないと、そのときおれの勘が働いたんだな」

「それで……？」

「それでもっておれは、そっと小屋の中に足を忍び入れた。百人は入れる客席には誰もいない。それでもおれは足音を立てず、ゆっくりと歩を進めた。すると、足元がヌルリと滑《すべ》るではないか。柱の燭台《しょくだい》にいくつか明かりが灯っている。なんだろうと、燭台を手にして明かりを近づけてみた。そしたらそれがなんと……」

「血だったのですね」

お香代が、早口でもって言った。

「よく血だと分かったな」

「ヌルリと滑るってところで分かりました」

ヌルリと滑るとは、鉄五郎の少々大袈裟《おおげさ》なもの言いであった。

「血が点々と、舞台のほうに……」

ここで鉄五郎の言葉が止まった。

「鉄さん、来てたので？」

大旦那の甚八が、部屋の中へと入ってきた。

「ずいぶんと早いおいでだが、何かあったんかい？」

「それがきのうの夜……」

「大旦那、鉄さまは南野座事件の最初の目撃者でして」

鉄五郎の話では長くなると、お香代が代わりにとばかり口を挟んだ。

「なんだって！　鉄さんが、南野座の事件の……それで、どうしたと？」

「今、それを聞き込んでいるところです」

鉄五郎が、南野座へ足を踏み入れたときからの状況と、舞台に伝わる血の跡までをお香代は聞いている。そこまでを早口でもって、甚八に説いた。

「舞台から先は、まだこれからです」

「そうかい。だったら、俺も一緒に聞くか」

甚八が、お香代の隣に座って、話を聞く姿勢を取った。鉄五郎は、ゆっくりとであるが、事の詳細を語った。

「それでおれは、探索を北町の猿渡という同心に預けて家に帰ったってことです」

鉄五郎の語りは、最初から最後まで四半刻ほどを要した。

「詳しく語ってもらったので、話はよく分かりましたぜ。お香代、鉄さんの話の中で重要なのは、座長の今わの際で言った『ぶはん』って言葉だ。それを大きく書きな」

「かしこまりました」

鉄五郎から特筆記事をもらい、お香代が西洋部屋から出ていく。自分の文机《ふづくえ》で、記事をまとめる。それを、彫り方に回し刷りにかける。早ければ、今夕にも町角で瓦《かわら》版《ばん》として売られることになる。

それから、間もなくして浩太が戻ってきた。

「今、南野座の現場には大勢の記事取りたちが集まっています」

「そうかい。これで江戸中、大騒ぎになるだろうな。それで、梅若太夫の容態を、何か聞いてきたか？」

鉄五郎の一番の関心事は、ここにあった。直接玄沢のところに赴《おもむ》いて聞こうかと思ったが、記事取り連中が大勢して押しかけているだろう。そう踏んだ鉄五郎は、その報せを浩太に托《たく》したのであった。

「まだ、気を失ったままなそうで。しばらくは、こんな状態がつづくだろうと、玄沢先生から話がありました」

「そうかい、気の毒に」

あとは玄沢に托す以外にないと、鉄五郎は梅若太夫の話はいったん置いた。

「それで、弔いは……？」

「検死が済んだので、あしたの夜が通夜であさってが弔いだそうです。南野座の舞台でもって、二人合同で弔うそうです」

「そうかい。だったら、その記事も大きく扱っちゃくれねえか」

鉄五郎が、浩太に注文を出した。

「どうしてだい？　弔いが大騒ぎになるぜ」

するとと、甚八から言葉が返った。

「下手人が、弔いに来るかもしれない。よく、下手人は殺し現場に戻るって聞きますからね。探索がどこまでおよんでいるかと、気にかかるんでしょうかね」

「そいつを、見ようってのか？」

「まあ、そんなところで」

「すると鉄さんは、御番所の役人に探索を任せたと言っておきながら、自分で……？」

「いや、そんなつもりはありませんよ。今回は、余計な手出しはしないつもりです。そりゃ、世話になった喜八郎さんが殺されたのは悔しいですがね。少しでもお役人の役に立てばと思って言っただけです」

江戸中の騒ぎとなりそうな事件に、萬店屋の統帥が首を突っ込むとどういうことになるか。それは、鉄五郎自身がよく知っている。第一目撃者として、事件がどう転んでいくか、野次馬の目で見ていこうと決めていた。讀売屋に来たのも、そのつもりであった。そんな腹積もりを、鉄五郎は甚八に語った。

「そうだったかい。だったら、何か変わったことがあったら、報せることにする。浩太に、その役目をさせることにしますわ」

「早く、下手人が捕らえられればいいけどな」

鉄五郎が、ポツリとした口調で返した。

四

南野座の事件は、江戸中の讀賣屋がこぞって書き立てた。

その夕方、さっそく浩太が鉄五郎のもとへとやってきた。讀賣を数枚手にしている。

「ちょっと、これを見てくれませんか」

三善屋のとは別に、他の讀賣屋の紙面が四枚ほどある。その記事と読み比べてくれとの意味で、浩太はもってきたのであった。記事の内容としては、第一発見者の鉄五郎が語った分、三善屋が一番詳しく書かれてある。だが、それはたいして重要ではない。よく読むと、三善屋の記事と他所《よそ》の記事の内容に、いく分のくい違いがあった。

三善屋の記事には〈座長花村貫太郎が今わの際に口にした『ぶはん』の一言が……〉とあり、他の記事はすべて〈席亭喜八郎が今わの際に残した『ぶはん』という言葉が……〉となっている。そのあとに〈北町奉行所ではこの言葉に心当たりのある者を探している〉と、記されてあった。広く情報を得ようと、北町奉行所が発表したものであった。

「違ってるな」

読み比べて、鉄五郎が首を捻《ひね》った。猿渡が、どこをどう鉄五郎の言葉を聞き違えたものか分からない。しかし、北町奉行所の言葉として扱っているからには、三善屋の記事のほうが誤報と取られてしまう。そればかりでなく〈下手人は食い詰めた浪人が席亭の財産を狙って押し込んだものと推測される〉と、半分決め付けた文調であった。これは、三善屋の記事にはないことだ。定町廻り同心の猿渡が、自分で解釈して記者たちに告げたものと思われる。

「おれは、そんなことを一言も言ってねえぞ」

記事を見比べながら、鉄五郎が舌打ちをした。

この記事に関しては、鉄五郎が直《じか》にお香代に語ったものと、町奉行所の発表のものと、どちらを扱うかで三善屋内で揉めたという。「そりゃ、鉄さんのものに決まっているだろ」と、甚八の鶴の一声でお香代の書いた記事が刷られたという。

「どっちが本当なんです？」

浩太の問いであった。

「おれのほうに、決まってるだろ」

鉄五郎が、きっぱりと言い切った。

「でしたら、訂正の記事は書かなくていいですよね？」

それを確かめるために、浩太は訪れたのであった。

「あたりまえだろ。それにしても猿渡って同心、いい加減なことを言いやがる……何もなければよいが」

鉄五郎の脳裏に、不吉な予感が走った。

それから二日後、南野座でもって花村貫太郎と喜八郎の合同の弔いが、しめやかに執りおこなわれた。

鉄五郎と松千代も、参列をする。町奉行所の役人が、怪しい者がいないかと、小屋の外で目を光らせている。その中に、猿渡の姿もあった。鉄五郎に気づいたか、猿渡が近づいてきた。

「おかげで、助かったぜ。もうすぐ、下手人が捕まえられそうだ」

「本当ですかい。それで、下手人はいったい誰なんです？」

「そいつはまだ言えねえよ。仲間もいるようなんで、ちょっと泳がせているところだ」

下手人の目星はついていると、猿渡が言った。

「おっと、こいつは誰にも黙っていてくれよ。第一発見者の、あんただけに言うのだからな。まだ、座員たちにも話しちゃいねえ」

「かしこまりました。誰にも話しませんから、安心してくださいな」

どうやら猿渡ら役人たちは、その目ぼしき者が現れないかと目を光らせているらしい。

「それから旦那、おれは喜八郎さんの口からは……」

「猿渡の旦那、向こうにおかしな野郎が」

讀賣の記事の、間違いを正そうとしたところで、事件の現場にもいた岡引きが猿渡に声をかけた。鉄五郎は、顔に見覚えがあるが、この岡引きとはさして話をしたことがない。ただ、気の利かない親分という噂だけは、鉄五郎の耳にも入っている。

「おう、どこだ？」

猿渡が足早で去っていき、鉄五郎は、この場では言いそびれてしまった。このすれ違いが、鉄五郎が事件に介入するきっかけともなった。


小屋に入ると、舞台の上に早桶《はやおけ》が二棺鎮座している。その手前で、僧侶が三人並び、声をそろえて経本を読んでいる。小屋の中で聞こえてくるのは、読経の声と木魚《もくぎょ》を叩く音、そして参列者のすすり泣く声であった。

舞台の下に焼香台が置かれ、参列者たちの焼香がはじまっている。花村貫太郎一座たらない。

と席亭喜八郎の知人たち、そして芝居の贔屓客《ひいき》が百人ほどいるが、侍らしき者は見当
　やがて僧侶の読経は止み、出棺の段となった。二棺の早桶は天秤《てんびん》に吊るされ、野辺《のべ》の送りとなる。遺体は両国橋向こうの、国豊山回向院《こくほうざんえこういん》の墓所に埋葬される。回向院は、席亭喜八郎の妻が眠る菩提寺であった。だが、花村貫太郎の身内は、今も気を失っている梅若太夫一人だけ。旅芸人に菩提寺はなく、遺骸は回向院が無縁仏として引き取ることになった。

　喜八郎の棺に、ずっと寄り添っている女がいる。三十にも届きそうな年増《としま》であった。五歳くらいの男の子を引き連れている。「……お父っつぁん」と、涙ながらに口にするのは喜八郎の娘のようだ。

「席亭に、娘さんがいたんだな」

「そのよう……」

　喜八郎に娘がいたとは、鉄五郎も松千代もここで初めて知った。

「するとあの子は、お席亭のお孫さんてことね」

　何も知らずに親の手に引かれて歩く子供を見て、松千代が目尻に手布《てぬの》をあてた。

　回向院の埋葬まで付き合うかどうか、このときまで鉄五郎は迷っていた。

「お松、これも何かの縁だ。埋葬まで、見届けようぜ」

近親者だけの参列に、鉄五郎と松千代は交じることにした。喜八郎の娘に、聞きたいこともあった。

埋葬も滞《とどこお》りなくおこなわれ、回向院の門前を出たところで、鉄五郎が子連れの女に話しかけた。

「ちょっと、ごめんなさい」

「はい、なんでございましょう？」

小柄な女で、鉄五郎の顔を見上げる形で見やっている。その子供は、空を見上げるようにして鉄五郎を見ている。鉄五郎は腰を落とし、子供と目線を合わせた。

「喜八郎さんのお孫さんで……？」

子供に顔を合わせ、問うのは女に向けてであった。

「ええ。左様ですが……」

なんの用事かと、怪訝そうな声であった。だが、不信感はなさそうだ。

「どなたか存じませんが、葬儀から埋葬までお付き添いいただき、ありがとうございました」

「いいえ、とんでもございません。このたびは、ご愁傷《しゅうしょう》さまでございました」

松千代が、大きく腰を折って丁寧に言葉を返した。

「手前は鉄五郎といいまして、こっちは連れ合いの松千代です。二人して新内流しをしているもんで、お席亭の喜八郎さんには生前、南野座の舞台で大変世話になった者です」

「するともしや、弁天太夫さんでございますか？」

「弁天太夫をご存じで？」

「ええ。今、松千代さんと聞きまして、もしやと思いました。左様でございましたか」

にわかに女の口調が緩《ゆる》みをもった。緊張していた子供も、親の様子に安心したのか、ほっぺに笑窪《えくぼ》を見せている。

「申し遅れました。あたし、里《さと》と申します。この子の名は平吉《へいきち》といいます」

「坊《ぼう》はいくつになるの？」

「いつ」

松千代の問いに、平吉は手を広げて見せた。

「坊は、おなかが空いてない？」

正午の鐘が鳴って、四半刻ほどが経つ。松千代が平吉に訊いた。

「うん、はらへった」

「何が、食べたい？」

さらに松千代が問うた。

「おいら……」

と言ったまま、そのまま黙り込んだ。子供ながらに、遠慮をしているらしい。

「この子の父親は、侍なんです。といいましても、国分半兵衛《こくぶはんべえ》と申し禄《ろく》を持たない浪人ですけど。他人《ひと》さまからいわれもなく恩義を受けるのには、はばかりがあるようでして」

「ご亭主は、お侍さんでしたか」

「ええ……」

と言ったまま、お里はそれ以上語らない。

「それで、きょうはご亭主は来られないので？」

「ええ。父は、亭主のことをとても嫌いでして。そんなことから行きたくないと言って、聞きませんのよ」

「左様でしたか」

どんなに嫌われていても、相手はもうこの世の者でない。最期の別れくらいしてもよさそうなのにと、鉄五郎は小首を傾げた。そして、首を戻して言う。

「こんなところで立ち話もなんだ。めしでも食いながら、ゆっくり話しませんか。喜八郎さんの、精進落《しょうじんお》としもしなきゃなりませんし」

「おっかあ、おいらはらへった」

平吉も、母親にすがった。

ちょうど目の前に鰻屋《うなぎや》がある。だが、精進落としに生き物はそぐわないと、隣の蕎麦屋《そばや》に入った。『天ぷらそばの旨い店』と、看板に書かれてある。蕎麦屋でも垢抜《あかぬ》けた店で、二階には法事で使われる仕切り部屋があり、他人の耳を気にすることなく話をすることができる。

天ぷらそばができてくる間、鉄五郎は南野座の事件の経緯を語ることにした。

「実は手前たちが、最初の発見者でありまして……」

「いいえ、その話はもうけっこうです。お役人からもいろいろと聞かされ、よく分かっております」

うな垂れながら首を振って、お里は鉄五郎の話を拒んだ。

「そうでしたか。でしたら、もうこのことは話すのを止めよう。ならば、一つだけ訊きたいのですが……」

「はい、なんでございましょう？」

「この後、南野座はどうなってしまうんで？　ご亭主が跡を……」

「いえ、それはまったくといってございません。あの芝居小屋はどの道潰《つぶ》れることになってましたから」

「潰れるとは……？」

「まったく儲《もう》けも出ないですし、お父っつぁんはいつも嘆いてました。客もたいして入らないし、そろそろ小屋を畳もうかと。それに、おもしろそうな出し物があると、なんだかんだ江戸三座の連中が来て、嫌がらせをするそうです。御出木偶芝居に客を取られちゃ、沽券《こけん》に関わるとでもいうのでしょうか、江戸三座歌舞伎だからって、どこが偉いんでしょうね？」

江戸の歌舞伎興行は、三座といわれる中村《なかむら》座、市村《いちむら》座、森田《もりた》座で成り立つといわれている。その他の芝居興行は御出木偶ものといって、一線を引かれ差別されている。そんな大衆演劇に客を奪われてはならないと、江戸三座は小規模の芝居小屋にまで目を光らせていた。

「そんなことにも、嫌気がさしていたようです。そんなんで、南野座の買い手がなければ、潰そうと思ってました。押し込みは、お父っつぁんの財を狙って襲ったと聞きましたがとんでもない。財産どころか、ほとんど無一文の状態で、あたしにまでお金を借りに来ていたくらいですのよ」

お里の話で、南野座の苦しい経営実態が知れた。

「ああいった殺しの事件があった小屋なんて、誰も買いはしませんよね。ですから、あのまま放っておこうかと。そして、そのまま朽ちるのを待ちますわ」

壊すのにも金がかかる。だったら手をつけずに、放っておくというのがお里の考えであった。

「なるほど」

お里の考えに、鉄五郎も納得するほかない。小さくうなずいたところに、天ぷらそばが運ばれてきた。平吉の分も、一人前として取ってある。

五

それから五日も経つと南野座の事件は、世間から忘れられたように静かになった。どこの讀賣屋も、記事として扱うところはない。

喧騒が再び湧き上がったのは、その日の昼下がりであった。讀賣三善屋から、浩太が息急《いきせ》き切って鉄五郎のもとへと駆け込んできた。

「どうかしたか？」

「南野座を襲った下手人が、今朝方捕まったと」

「なんだと！　それはいったい、誰なんで？」

「国分半兵衛という、禄を失った浪人だそうで」

「こくぶはんべえ……」

言ったまま、鉄五郎の口から言葉が出ない。驚きで、声が出せないのだ。

「どうかしましたか？」

「いや、なんでもねえ」

と返したものの、鉄五郎の顔は青ざめている。そして深く、考えに沈んだ。

五日前の、蕎麦屋でのお里の会話の中に、その名があった。五歳になる、平吉の父親の名として。

「……違う、その人は下手人じゃねえ」

誰に向けてでなく、鉄五郎の口から呟《つぶや》きが漏れる。浩太には、その声が届いていない。

「どうかしたんですかい？」

だが、尋常でない鉄五郎の様子だけは、浩太にも伝わったようだ。

「こいつは、おれの手でなんとかしなくちゃいけねえ」

目をあらぬほうを向けて、鉄五郎が口走る。そして、立ち上がると同時に大声を出した。

「おまつ、お松はいねえか？」

勝手で用を足している松千代が、前掛けで手を拭きながら駆けつけてきた。

「どうしたんだい、おまえさん？　そんな大声を出さなくても聞こえますわよ」

「大変なことになった」

浩太をそっちのけで、鉄五郎と松千代が向き合う。

「大変なことって……？」

「平吉のお父っつぁんが捕まっちまった」

「えっ、なんで？」

「南野座を襲った下手人てことだ」

「なんですって？」

松千代の驚きも尋常ではない。外にも届くほどの、驚愕を発した。この二人のやり取りを、浩太が怪訝《けげん》そうな顔をして見やっている。だが、鉄五郎は浩太のほうに目もくれない。いるのを忘れているかのような、それほど鉄五郎のうろたえ方であった。

「……鉄さんが、これほど慌てふためくのは初めて見た。いったい何があったんだ？」

浩太の呟きも、鉄五郎に届いていない。ここは、鉄五郎を落ち着かせようと口にする。

「ちょっとよろしいですかい、鉄さん」

浩太の呼びかけに、ようやく鉄五郎の顔が向いた。

「ああ、浩太。いたのか？」

「いたのかじゃないですよ、鉄さん。いったいどうなすったんです？　姐《あね》さんまで、大声を発しちまって」

「ああ、すまねえ。おれとしたことが、取り乱してしまった」

浩太の問いかけに、鉄五郎も少しは自分を取り戻したようだ。

「おれは、大変なことをやらかしちまった」

「いったい、何があったんです。落ち着いて、話しちゃくれませんか」

「ああ、そうだな」

自分を取り戻したと言っても、鉄五郎の目が血走っている。そう簡単には拭いきれない心の動揺であった。

「まあ、とりあえず座ってくださいな」

立ちっぱなしの鉄五郎と松千代に、浩太が宥《なだ》めるように言った。

「ああ、そうだな」

鉄五郎が腰を落とすと、松千代もそれに倣《なら》った。

「それで、これからどうしよってのさ？」

「まあ、お松。まずは、落ち着いて考えようぜ」

とは言っても、鉄五郎の目がまだ泳いでいる。気持ちが定まっていないのが、端《はた》から見ても分かる。

「……どうしたら、鉄さんをまともに戻せる？」

すると浩太は、壁に立てかけてある三味線に目を向けた。

「鉄さん、三味線を弾いてもらえますか？」

鉄五郎の気持ちを癒すには、これしかないとの浩太の考えであった。

「三味線……ああ……」

鉄五郎が三味線を手に取り、爪弾《つまび》きはじめた。べべベンと、太糸が重い音を鳴らす。

一の糸、二の糸、三の糸と調弦をしているうちに、鉄五郎の気持ちは落ち着きを取り戻してきた。

「お松も一緒に弾かないか」

塞《ふさ》ぎ込む松千代に、鉄五郎が声をかけた。声音が、いつもの鉄五郎に戻っていると、ほっと安堵の声が浩太の口から漏れた。

松千代も、鉄五郎の太棹三味線を追って音を奏でる。低い音と二上がりの高い音が重なり合って、独特の旋律を醸し出す。しばしの前奏があって、鉄五郎が即興で詞を語りはじめた。

〽親の意見に背《そむ》いてすねて　一緒になった仲なのに
幼子おいておまえはどこに　嗚呼《ああ》どこに行こうというんだい
二度と逢えはしやせんと　片割れ月が涙で曇る……

ここまで語って、鉄五郎の三味線の音が急に止まった。

「おい、お松。こんなことしちゃいられねえ、なんとかしねえとな」

「そうだね、おまえさん」

阿吽《あうん》の呼吸で、松千代が返した。

「さてと浩太、落ち着いて話してもらおうか」

「鉄さんこそ、落ち着いたので？」

「ああ、おれはもうだいじょぶだ」

「いったい何があったのか、聞かせてはもらえませんかね」

「先に浩太の話を、詳しく聞かせてくれ」

鉄五郎の事情が分からないまま、浩太は国分半兵衛が捕らえられた経緯《いきさつ》を語る。

「今朝方、夜も明けきらないうちだそうで……」

神田松永町《まつながちょう》の与三郎《よさぶろう》長屋に住む浪人国分半兵衛のところに、町方役人の捕り方が入ったのは、明け六ツ少し前のことであった。罪状は、南野座に押し入り席亭喜八郎と座長花村貫太郎の殺害、そして娘芸人梅若太夫の殺害未遂であった。町奉行所では、共犯者の存在を捜したが見つからず、これは国分半兵衛単独の犯行と決断し捕縛に至った。さらに分が悪いのは、国分半兵衛は喜八郎の娘の亭主であり、日ごろから仲違《なかたが》いをしていたという事実である。それと悪いことに、国分半兵衛の腰物に、血糊《ちのり》を拭った跡があったという。

「それに加えて北の御番所が決定を下したのは、喜八郎さんが今わの際に口にした

『ぶはん』という言葉でした。国分半兵衛の名の中に、ぶはんってありますよね」

何から何まで、国分半兵衛にとって分が悪くなっている。

「御番所では、喜八郎さんへの日ごろの恨みと、禄がなくカネ欲しさからの犯行とみたようです」

浩太の話で、おおよその経緯は分かった。だが、まったく事実と違うのは鉄五郎と松千代だけが知っている。

「こいつは、一刻も争う大事なことだってのに、おれは馬鹿みてえにうろたえてしまった」

「誰だって、うろたえますよ。あたしも、どうにかなりそうだった」

松千代が、鉄五郎に同調する。

「浩太は、本当に国分半兵衛が南野座を襲ったと思っているのか？」

「これだけ証《あかし》があっちゃ、首は横には振れませんね」

「このおれが、半兵衛さんが下手人じゃないと言ってもか？」

「もちろん鉄さんが違うと言ったら、手前は信じますぜ」

「だったら、信じてくれ」

「ですが、奉行所の決定を覆《くつがえ》す証《あかし》はあるんですかい？」

「いや。あるのは、おれの口だけだ。このおれが余計なことを、あの馬鹿同心に言ったばっかりに、こんなことになっちまった」

鉄五郎が、唇を噛んで悔しがる。自分の証言で、罪のない者を絶体絶命の危機に追いやっている。鉄五郎の胸の内は張り裂けるほど苛《さいな》まれていた。

「それで、鉄さんと姐さんは取り乱していたのですね」

「ああ、そういうことだ。よかれと思ってしたことが、とんでもねえことになっちまった」

地団駄《じだんだ》を踏んだところで、もう遅い。この先は、いかにして国分半兵衛が無罪であるかを証明することである。

「よし、これから北の御番所に行ってくる」

北町奉行へ直談判と、鉄五郎は意気込み立ち上がった。

「ちょっと待ってください、鉄さん。いくら萬店屋の統帥として談判に行っても、これだけの証があってはちょっとやそっとでは……いや、まったくといっていいほど覆りませんね」

「となると、半兵衛さんは……」

「打ち首獄門に、間違いないでしょう」

「それは、駄目だ」

「駄目だとおっしゃっても……」

「なんだい、浩太。ずいぶんと、冷てえ言い方じゃねえか」

鉄五郎のイラつきが、浩太に向いた。

「いえ、温かいとか冷たいとかの言い方じゃなく、ここは是が非でも真の下手人を挙げる以外に、救う術《すべ》はないと言ってるのです」

讀賣の記事取りの立場でもって、浩太は鉄五郎を諫《いさ》めている。それだけに、説得力がある。

「真の下手人が、必ず別にいるのは分かっている」

「おまえさん、ここは命に懸けても下手人を捜さないといけないですわね」

松千代が、鉄五郎の背中を押した。

「ああ。萬店屋の全財産をかけても、救い出してやる」

「でも、さして時がありませんぜ」

「どれほどで……？」

「獄門台に載るのは早くて十日、遅くても十五日ってところでしょう」

これだけの残虐事件で、しかも証拠がそろっていれば結審は早いと浩太は言い添えた。

「だったら、十日しかねえのか」

こういう場合は、短いほうに照準を置くのが道理となる。

「それも、痛め吟味で口を割らなかったらの話です」

「どういう意味でい？」

「拷問に耐えられず、自分がやったと白状したら、処罰はもっと早く下されるかも……」

「それじゃ、十日すらもねえのか！」

浩太の言葉を遮《さえぎ》る鉄五郎の声音は、外にも届く怒鳴り口調であった。

六

ここで考えていても、埒《らち》が明くものではない。

頼れるのは、讀賣屋の甚八だと鉄五郎は立ち上がった。するとそこに、遣戸《やりど》の開く音がして「ごめんください」と、声が中に通った。憶えのある声音であった。

「清吉《せいきち》さんが来たみたい」

松千代が、戸口へと向かった。清吉とは萬店屋本家の手代で、何かあったら鉄五郎と本家をつなぐ役目を担っている。目端《めはし》が利いて、役に立つ男だと鉄五郎も大いに買っている。

「何かございましたか？」

問うたのは鉄五郎でなく、清吉であった。たまたま外を通りがかったら、鉄五郎の大声が届き、何ごとかと思って来たのだという。

「大変なことになっちまってな、清吉さん」

鉄五郎は萬店屋の統帥であるが、年上には敬称をつける。

「統帥が大変なことって言うには、さぞかし大事《おおごと》なんでしょうな」

皮肉でなく、清吉の表情は真剣そのものである。鉄五郎の、人としてのでかさを知る男であった。

「また、萬店屋の力が必要になるかもしれん」

「でしたら、大番頭さんに相談なされたらいかがですか？」

「その段になったら、頼むことがある」

「それで、大変なことってのは、いかがなことで？」

「おれのせいで、男一人の命が危うくなっている。その男には、五歳の男の子がいてな、その子を知っているだけになんとかしなくちゃならねえ」

「それで、これから讀賣屋に行かれるんですね」

浩太の顔を見て、清吉が言った。これだけの話で、どんな流れかを悟ったようだ。

「いや、その前に行くところがある。それによっては、本家で預かってもらいたい人がいる」

「かしこまりました。お急ぎでしょうから、手前どもはあとで詳しく話を聞きます。大番頭さんには、その旨《むね》を手前から伝えておきましょう」

「ああ、頼みましたぜ。これから忙しくなると、多左衛門《たざえもん》さんに伝えておいてくれ」

了解したとばかり、清吉は急ぎ足となって浜町堀の対岸にある萬店屋へと戻っていった。

「お松、讀賣屋に行く前にお里さんと平吉の様子を見てこよう。それが一番心配だ」

「ええ。あたしも、そのつもりでした」

「そのあと、おれは讀賣屋に寄る。浩太は先に戻って、甚八さんに出かけないでくれと伝えてくれ」

「へい。分かりました」

身支度を整える暇もなく、そのまま普段着の姿で外へと出た。浜町堀沿いを、三人は急ぎ足となった。

大伝馬町の讀賣屋に戻る浩太とは途中で別れ、鉄五郎と松千代はそのまま浜町堀を北に向かった。

柳原《やなぎわら》通りに出て、和泉橋《いずみばし》を渡って一町ほど行ったところが神田松永町である。通りに店を出す小間物屋に与三郎長屋を聞くと、すぐに場所は知れた。通りから路地を入り、長屋の木戸まで来ると何か騒がしい。長屋の連中が外に出て、一軒の戸口に向けて怒りの眼光を放っている。

「あんた、あそこが……」

「ああ、お里さんの家のようだな」

人に訊かなくても、すぐにお里と平吉の住処《すみか》は知れた。物が投げつけられたか、戸口の障子は破れ、板壁も壊れた悲惨な有様《ありさま》であった。「ここは、人殺しなんかが住むところじゃねえ」と、罵《ののし》る声も聞こえてくる。

「こいつはいけねえな。お松、行くぞ」

「はいよ、おまえさん」

罵声《ばせい》がかかる中を、鉄五郎と松千代は戸口の前に立った。とりあえず、長屋の騒ぎを収めなくてはならない。鉄五郎は、長屋全体を見渡す形で両手を上げ、住人の怒りを宥める。

「みなさん、静かにしてくれ。ここのご亭主は、人殺しではない」

「おめえは、誰なんで？」

「平吉の友だちだ」

　答も用意してなく、鉄五郎は咄嗟《とっさ》に言葉に出した。

「平吉の友だちだと？　餓鬼《がき》はいくつだと思ってやがる」

　住人の一人から声がかかった。

「友だちに、齢なんて関わりがねえ。それよりか、みなさんは子供に向けて石を投げるんですかい？　それが、大人のやることなんで」

　この説き伏せが利いたか、罵声は止《や》み長屋の連中はそれぞれの住処へと戻った。

「やはり、ここにはいさせられないな」

「そうだね、おまえさん」

　小声で話し合ってから、鉄五郎は破れた障子戸を開けた。

「お里さん、いますかい？」

　声を投げると、すぐに小さな足音が聞こえてきた。

「あっ、おじちゃんだ」

狭い三和土《たたき》に立つと、平吉が迎えに出てきた。

四畳半一間の棟割長屋に、親子三人がひっそりと暮らしていた。だが、その安らぎも一瞬のうちにぶち壊された。その責を、鉄五郎は胸が引き裂かれるほど痛感している。平吉の顔を見て、余計にその思いが強くなった。

「平吉、ごめんよ」

鉄五郎の震える声に、背後に立つ松千代も目頭《めがしら》に袂《たもと》を当てている。

「おっかあ、おじちゃんが来たよ」

薄暗い部屋の奥に、平吉の目が向いている。その視線の先に、うな垂れて座るお里の姿があった。

「お里さん、上がってもいいかい？」

黙って小さくうなずくお里の仕草を見て、鉄五郎と松千代は履物を脱いだ。

「平吉ちゃん、おみやげだよ」

松千代が、途中の菓子屋で買ってきた、饅頭《まんじゆう》の包みを平吉に渡した。

「おばちゃん、ありがと。おっかあ、くってもいいか？」

「ああ……」

お里は人が変わったように、先日の生気は失われている。たった半日のうちに、げっそりと痩せ衰えたお里の姿に、鉄五郎はすぐに言葉が出せるものでなかった。

「お里さん、お気をしっかりもって……」

まずは、松千代がお里に話しかけた。しかし、どんな慰めの言葉をかけようが、そう簡単に気持ちが癒されるものではない。それができるのは、亭主の国分半兵衛が戻ったときだけだと、鉄五郎には分かっている。

「お里さん、ご亭主は必ずこのおれが助けてあげる。だが、今すぐというわけにはいかない。それまで、平吉と二人で耐えることができるかな？」

鉄五郎が問うたところであった。ガツンと、板塀に何か物が当たる衝撃があった。

「まだ、石を投げている奴がいるのか」

鉄五郎の説き伏せは、住人たちには届いてなさそうだ。このままでは、母子の身の危険も案じられる。

「よかったらお里さん、ここを出ないか？　平吉の身も危ないし、この先嫌な思いをするだけだ」

「いえ……」

うな垂れながら、お里が首を振る。それが、遠慮なのか意気消沈なのか鉄五郎には判断ができない。だが、面倒を見るというのは、鉄五郎のせめてもの罪滅ぼしであった。お里の返事が得られれば、萬店屋の本家で預かることを考えている。それができれば、少しは気持ちが軽くなり、国分半兵衛を救うために没頭できる。

「ここを動きません」

しかし、はっきりとお里の意思が声となって出た。

「でも、ここにいたら危ないですわよ」

松千代も、説得にかかる。

「亭主が戻ってきたとき、あたしらがいてやらないと……帰るところが……ありません」

そこまで言って、お里は自分の顔を手で覆った。嗚咽《おえつ》が、手の隙間から漏《も》れて聞こえる。

「おっかあ……」

饅頭を両手で握りしめ、平吉がお里の前に立った。

「おっかあ、これをくえ」

手に握る饅頭を、お里の面前に差し出す。母親に、元気を出せとの、平吉の意思表示に見える。

「お子のほうが、しっかりなさってますわね」

松千代が、お里の気落ちをたしなめる口調で言った。そこに、もう一個石が投げられ、障子戸に命中する。バキッと、障子の桟《さん》が折れる鈍い音が聞こえた。

「もう、障子がびりびりに破けてる。これじゃ、寒さを凌ぐことができませんぜ」

数日前に、初雪が降った。これから寒さが、さらに増してくる季節である。

「平吉を、凍えさせてもよろしいんですかい？」

昼間は、人々の嫌がらせ。夜は、深々と冷え込む寒気が襲う。人と冬の冷たさに、とても耐えられそうもない。鉄五郎の説得に、ようやくお里がうなずきを見せた。

「だったら、今すぐここを出よう。平吉に旨い物を食べさせ、暖かい寝床で寝かせてやったらいい」

「どちらに行きますので？」

「けして悪いようにしないから、あたしについてきてくださいな」

お里の不安を和ますように、松千代が口にする。

「坊も、行くよね？」

「うん」

口の周りを餡子だらけにして、平吉がにっこりと答えた。

「よし、これで決まりだ。だったら、すぐにここを出よう」

鉄五郎の声に促されるように、お里が立ち上がった。だが、歩きに力が入らないかよろけてしまう。お里の腕を、松千代がしっかりと支えた。

外に出ると、一度引っ込んでいた長屋の住人が、数は減ったがまたいく人か姿を現し不穏な目を向けている。

「てめえらなんか、この長屋から出ていけ！」

罵声が飛んでくるも、木戸から出れば声は届いてこない。お里と平吉にとっては、一瞬の我慢であった。

七

鉄五郎は、大伝馬町の讀賣三善屋に向かい、松千代はお里と平吉を連れて浜町堀を歩いた。

三人が向かう先は、萬店屋の本家であった。元の大名家を買い取った、壮大な屋敷である。そこにいれば、何不自由なく暮らすことができる。それより、なんといっても身が安全だ。

「さあ、着きましたよ」

門構えの立派さに、お里と平吉が目を白黒させている。

「このお屋敷って……？」

「鉄五郎さんの、お友だちのご実家なの」

松千代が、少し事実を曲げて言った。

「ここがですか？」

あんぐりと、口が開いたままお里が問うた。

「ええ。あたしたちが住んでるのは、川向こうのあの家」

松千代は振り向くと、小川橋の袂にあるしもた屋風の家を指した。

「ここにいても、本当によろしいので？」

「ええ。ご亭主が戻るまで、ここでゆっくり待っていてください。こんなところに住んでいても、みなさんいい人だから……ええ、石を投げつける人なんて、ここには誰もいやしませんよ。人情長屋が、地に落ちたもんだ」

松千代の口調に、長屋の住民への憤りがこもっている。

正門の脇にある、潜《くぐ》り戸を開けて屋敷の中へと入った。敷地三千坪の邸内に、さらにお里と平吉は目を瞠《みは》った。

「……こんな大きなお屋敷があるなんて」

お里は呟き、平吉は玄関までの敷石を、けんけん跳びしてはしゃいでいる。

「おお、いらっしゃいましたか」

庭にいた清吉が、三人の姿を見つけ近づいてきた。

「大番頭さんには、すでに話をしてあります。どうぞ、遠慮なく……さあ、こちらに」

清吉が案内をして、お里と平吉は屋敷の母屋へと足を踏み入れた。松千代も、同行する。

「おっかあ、でかいうちだね」

「そうだね、平吉。でも、なんだか落ち着かないね」

玄関の三和土《たたき》だけでも、住処の倍の広さがある。四畳半一間の暮らしの慣れが、尻を落ち着かなくさせる。

「あたしらも、ここに住むのはいや。だけど、ここにいてもらえれば一番安心できると、鉄五郎さんはそう思って、ここに連れてきたの。そうすれば、ご主人も救いやすくなるから」

「あのう、鉄五郎さんとお松さんて、新内流しですよね？」

「ええ、そうですよ」

「でも、本当は何者なんです？」

「他人《ひと》には、大声で語ることはできません。でも、悪いことはしてませんよ。あの人なら、ご亭主を助《すけ》ることができます、きっと……だから安心して、ここにいてください」

松千代が、顔に笑みを含ませながら言った。二人の語りの間にも、平吉が長い廊下を駆け出している。

「これ平吉、静かにしなさい」

息子を叱るお里の声音に、もう沈んだ様子はない。あとは、鉄五郎がどうやって国分半兵衛を、牢屋から解き放つかである。

そのころ鉄五郎は、讀賣屋の西洋の間で、大旦那の甚八と向かい合っていた。

鉄五郎と甚八の表情は、安穏とはいえない。

眉間と額《ひたい》に皺を刻み、双方向き合いながら、腕を組んで思案に耽《ふけ》っている。すでにこれまでのあらましを、鉄五郎は甚八に向けて語ってあった。

「国分半兵衛って人が、下手人でないことは分かったが……」

そこまで言って、甚八は考えに耽る。

「証がそろいすぎているからなあ」

そのあとに、悲惨げな言葉が漏れた。

「どうにかして、覆す手立てはねえものか」

ブツブツと言葉が出るのは、甚八の口からであった。鉄五郎は目を瞑《つむ》り、思案に耽っている。

そこに、お香代が盆に載せて、西洋の茶であるテイと、ベイスケツトと呼ばれる菓子を運んできた。刀の鍔《つば》ほどの大きさのベイスケツトに、白い粉がまぶされている。

「この白いのはなんだい？」

鉄五郎の目が、皿に載る菓子に向いている。

「ベイスケツトといいまして、遠く西洋のほうから……廻船問屋の三善屋さんからのいただき物です」

鉄五郎の問いに、お香代が答えた。

「いや、それはいいんだが、この白いのはなんなので？」

「さあ、なんでしょう？　食べてみればお分かりかと……」

しかし、鉄五郎はベイスケツトを手に取るも、口に含ませようとはしないで何か考えごとをしている。

「あの顔も、こんなように白かったなあ」

鉄五郎が言うあの顔とは、座長の花村貫太郎のことである。普段から、その化粧を落としたことがないと、座員の友ノ介から聞いている。理由を訊いても、分からないと、これは座員の全員が首を振った。

「鉄さん、何を考えているんで？」

そこに、甚八の声がかかった。

「いやね、このベイスケット見ていて思ったんだが、なんで座長はずっと白塗りで通してたかって……」

「ああ、ずいぶんと変わったお人だよなあ」

「白塗りのままってことは、誰かに素顔を知られたくないってことか？」

鉄五郎が、一つの考えにたどり着いた。

「顔を知られたくないってことは、誰かから逃げているってことか」

甚八が、鉄五郎の言葉に被せた。

「素顔を知っているのは、娘の梅若太夫……そうだ、あの娘の容態は今どうなっている？」

父親の葬儀のときは、まだ意識が戻ってなく、父を弔うこともできない不憫な娘であった。その後の経過もはかばかしくなく、気にはしていたものの日が経つにつれ、鉄五郎の脳裏からその存在は薄くなっていた。

「いけねえ、おれとしたことが……ばかやろめが」

梅若太夫のことを、いっときでも忘れたことで、鉄五郎は自分自身に腹を立てた。

「それと『ぶはん』て口にしたのは、座長のほうなんだろう？」

「ええ、そうで……」

鉄五郎は、すでにそのことを奉行所に訴えていたが、まったく聞き入れてはもらえなかった。同心猿渡の証言が優先され、鉄五郎の意見に偽りがあるとされた。三善屋以外の讀賣屋の記事も、影響がなかったとはいえない。しかし、まさかお里の亭主が捕らえられるとは、思ってもいなかった。

「こうとなれば、話は別だ。大久保《おおくぼ》のご老中にかけあってみようか」

これが手っ取り早いと、鉄五郎は独り言のように、口に出した。

「いや、それはかえってまずいな」

鉄五郎の考えは、すぐに甚八からいなされた。

「カネの力でなんでもできると思ったら大間違いだぜ、鉄さん。そいつは、ど悪党を貶《おとし》めるための、大仕掛けで使うんじゃなかったかい。真の下手人を明かしてなら、大久保様も動くだろうが、カネの力だけで済まそうと思ったら逆の効果となりかねねえぜ」

「甚八大旦那の、言うとおりだ。焦って、早まるところだった」

「そりゃ、しょうがねえよ。話を聞いたら、誰だって鉄さんにも責任があると思えるからな。だが、ここは慌てるよりも、落ち着きが肝心だ」

とは言っても、甚八からこれといった策は出てこない。甚八の語りを聞いて、鉄五郎がすっくと立ち上がった。

「どこに行こうってんで?」

「これから、玄沢先生のところに行って、梅若太夫の容態を聞いてくる」

「それだったら、うちの若い者に行かせている。梅若太夫の容態が変わったら、報せることになっている」

讀賣屋は讀賣屋で、手を打っていた。

「今はもう、玄沢先生のところに張り付いてるのは、三善屋しかいねえみてえだ」

今夕の讀賣には間に合わないが、明日の朝には国分半兵衛の記事が、江戸中にばら撒かれるはずだ。

「この記事を載せないのは、三善屋だけだぜ。だからといって、国分半兵衛の潔白も載せることはできねえ」

「なんでだい？」

「明らかな証があれば別だが。鉄さんの証言だけじゃ、記事として薄いってことだ」

中途半端な記事を載せれば載せるほど、世間からは不審を買う。かえってやぶ蛇だと、甚八は説いた。

「あすになると、また騒ぎがぶり返すってことか」

「お里さんと平吉を、萬店屋に移させて正解だったぜ。さすが、鉄さんだ」

甚八が言ったところで、西洋の間の敷戸がガラリと音を鳴らして開いた。

「大旦那……」

声を嗄《か》らせて入ってきたのは、玄沢の医療所に張り付いている、二十歳前の若い男であった。

「何かあったか、与助《よすけ》？」

男の名は、与助といった。鉄五郎には、覚えのない顔であった。最近、採用された記事取りの若手だという。

「へい。梅若太夫が気を取り戻したそうで……」

「そうか！」

大声を発し、鉄五郎が立ち上がった。それを、与助が怪訝そうな顔で見やっている。

「ばかやろ、鉄五郎さんの顔を知らねえのか？」

「あっ、こいつはおみそれしました」

深く与助の頭が下がった。

「仕方がねえよ、おれとは初めて会うんだからな。そんなのはどうでもいいとして、梅若太夫は……？」

「しかし……」

と言って、与助の頭が傾《かし》ぐ。

「どうかしたんか？」

問いは、甚八から発せられた。

「気づいたのはよろしいんですが、まったく何も憶えてないそうなんで」

「どういうことだ？」

怒鳴り口調の鉄五郎の問いに、与助の首が竦《すく》んだ。

「へい。自分の名も憶えていないようでして。玄沢先生は、頭を強く打ちすぎて、記憶というのが失われたって言ってました」

「記憶が失われたと？　何も憶えちゃいないってことか」

唇を噛み締め、苦渋の表情で鉄五郎は言った。座長花村貫太郎の素顔と昔を知るのに、梅若太夫は唯一の拠りどころであった。

「おれが行って、直《じか》に梅若太夫と会ってくる」

鉄五郎は立ち上がると、居ても立ってもいられないと、駆け出すように讀賣屋をあとにした。

第二章　記憶を失った娘

一

玄沢の医療所は、浅草御門《あさくさごもん》を渡った茅町《かやちょう》にある。

表通りの賑わう道から、少し入ったところに一軒家の医療所を設けていた。先だってまでは、その周囲には多くの讀賣屋が梅若太夫の回復を待ち、記事にありつこうと張りついていた。今は、それもいなくなり、周辺に静けさが戻っている。

医療所の遣戸は開いている。往診に出ていなければ、玄沢はいるはずだ。

「ごめんくださいな」

鉄五郎は、中に声を飛ばした。すると玄沢の助手をしている、お夏《なつ》という二十歳になる娘が奥から顔を出した。

「あら、鉄五郎さん……」

お夏とは、ずっと以前からの知り合いである。

「お梅さんのことでいらしたの？」

「ああ、そうだ。気が戻ったと報せがあってな、急いでやってきた。それで、どんな具合だい、梅若太夫は？」

「うーん」

お夏が下を向いて考え込む。

「よっぽど悪いのか？　記憶がないって聞いたが……」

「ええ、まあ」

お夏の答は歯切れが悪い。

「玄沢先生は？」

「今、ちょっと出かけてるの。すぐに戻ると思うけど」

「だったら待たせてもらうが、梅若太夫に会えるか？」

「大声で話しかけたり、あまり刺激を与えなければ。でも、何も話は聞けないと思うよ」

「返事もできないのか？」

「そのくらいはできるけど、普通に話は……」

「まあ、いいや。ちょっとだけでも、会わせてくれ」

お夏と話していても埒《らち》が明かないと、鉄五郎は雪駄《せった》を脱ぐと医療部屋へと足を向けた。

お夏がそっと襖《ふすま》を開けた。蒲団《ふとん》に寝ている梅若太夫の頭には、痛々しい白い包帯が巻かれている。鉄五郎は、あのとき頭に深い傷を負って、倒れていた梅若太夫の姿を思い出した。

「眠っているのかな？」

「さっきまで、目を開けてたから。そっと、声をかけたらいかが」

鉄五郎は、部屋に足を踏み入れると、梅若太夫の枕元に近づいた。静かに腰を落とすと、ささやくように名を呼ぶ。

「梅若太夫……」

だが、返事も何もない。死んでいるのかと、鉄五郎の気持ちは一瞬塞《ふさ》いだが、小さな寝息を聞いて少しは安心をする。

「眠っているようだな」

無理に起こすことはないだろうと、玄沢が戻るまで梅若太夫に付き添うことにした。

「……お梅ちゃんてのか」

寝顔を見ながら、鉄五郎が呟く。そのほうが呼びやすいなと、これからそう呼ぶことに決めた。

「お梅ちゃん……」

もう一度耳元で、名をささやいた。すると、小さく首を動かす仕草があった。だが、目を開けるまでにはいたらない。

「……絶対に、仇《かたき》は取ってやるからな」

ここにも、鉄五郎を突き動かす弱者の姿があった。

「花村貫太郎の娘か……」

父親は、四十五歳と聞いている。お梅が十八だとしたら、二十七のときに生まれた子である。

「手妻《てづま》の、花吹雪《ふぶき》が得意芸と言ってたな」

鉄五郎が、自分自身に向けて語る言葉であった。独り言ともいう。

「一人前になるには、少なくても十年は修業するとして、八歳でこの道に入ったのか」

花村貫太郎の昔を知るには、座員の古参である友ノ介に聞くのが早い。ここを出たら、南野座に足を向けようと鉄五郎は思った。だが、友ノ介も花村貫太郎の素顔は知らないと言っていた。

「だとすると、誰も昔を知る者はいないってことか」

鉄五郎の頭の中は、暗礁に乗り上げるような暗さを感じた。そこに、背中から声がかかる。

「お待たせしたな、鉄さん」

振り向くと、顎《あご》に山羊《やぎ》のような髯《ひげ》を蓄えた玄沢が立っている。

「お梅ちゃんが、気を取り戻したと聞いてきましてね」

「ああ。取り戻したのは取り戻したのだが……」

顔を歪ませているところは、明るい見通しは期待できそうもない。

「かなり重い記憶喪失だ」

聞き慣れない玄沢の言葉に、鉄五郎は首を捻《ひね》った。記憶は分かるが、喪失という言葉は聞いたことがなく、意味が取れない。

「そうしつっての は……？」

「喪に服すの喪と、失うという字で喪失と読む。すべてを失うって意味だ」

「すると、記憶をすべて失っているってことですかい？」

「ああ。自分の名すら、思い出せない。むろん、自分がなんでここにいるかもな。頭に強い衝撃を受けると、そうなることもある。だが、滅多にないことで、それほどの傷を負えば、大抵は死んでしまうのが先だ」

命が助かっただけでも、救われていると玄沢は言葉を添えた。

「それで、記憶は戻るので？」

「いや、今の段階ではなんともいえない。放っておいて直ることもあるし、ずっとそのままのこともある」

「どうにか治療する方法ってのは……？」

「あったら、すでに施している。一番の療治といったら、気持ちを癒してやることだな」

玄沢の答に、鉄五郎の脳裏にある考えが浮かんでいた。

「体の傷は浅かったので、しばらくすれば歩くこともできる。しかし、自分一人では生活ができない。そのあと、誰が面倒を見るかだな」

「お梅ちゃんは、手前のほうで面倒を見ますわ」

「新内流しをしながらでは、松千代も大変だろう」

玄沢は、鉄五郎が萬店屋の統帥であることは知らない。

「いや、いい考えがありますので、任せておいてください」

萬店屋の本家に預け、平吉と遊ばせる。お梅にとって、これほどの癒しはないだろうと、鉄五郎は考えた。

「すぐに、動かせますので？」

「歩くのは無理だが、乗り物に乗せられれば運ぶことはできる」

「でしたら、きょう中にも……」

「いや、気を戻したばかりなので、こっちでも様子をみたい。連れていくなら、今夜一晩置いてからだな」

「でしたら、あすにでも連れに来ます」

「ああ、分かった。なるべく衝撃のないようにな。戸板に乗せて運ぶなんて、もってのほかだぞ」

「ええ。きちんとした乗り物を用意してきます」

「すぐに、用意できるのか？」

これでも萬店屋の統帥だとは言葉に出さず、鉄五郎は大きくうなずく仕草を見せた。

「それじゃお梅ちゃん、あした迎えに来るから待ってな」

鉄五郎は、お梅の耳元で呟くように言うと、玄沢の医療所をあとにした。

次に鉄五郎が向かうのは、南野座である。

今朝方までは、まさかお里の亭主が捕らえられるとは思ってもいなかった。いろいろな偶然が重なり、国分半兵衛が下手人とされたが、その種を撒いたのは自分だと、鉄五郎の気持ちはいたたまれぬほど苛《さいな》まれている。

「おれが、なんとかしてやらねえと……」

独りごちる間に、南野座の前へとやってきた。

「おや？」

南野座がなくなり、そこだけポッカリと空間が開いている。更地の奥に、両国稲荷の赤い鳥居が見える。南野座の隣は、落とし噺《ばなし》と講釈を聞かせてくれる『柳橋亭』という寄席《よせ》である。五十人ほどの客が入れる小さな小屋で、外にも出囃子《でばやし》が漏れて聞こえてきた。

「ちょっと、訊きたいんだが……」

木戸番の男に、鉄五郎が声をかけた。

「なんです？」

「隣の南野座がなくなっちまったようだが？」

「なんだか、今朝方から鳶《とび》が入り取り壊しがはじまって……建てるのは大変だが、壊すのはあっという間だ。二刻もしねえうちに、残骸ごと運んでいっちまったぜ」

「花村貫太郎一座の座員は……？」

「さあ、あっしに訊かれても知らねえな……へい、いらっしゃい。今しがた写楽亭馬《しゃらくていば》京《きょう》師匠がはじまったばかりだよ」

木戸番の顔が、鉄五郎から客に向いた。

「……座員たちは、いったいどこに行った？」

何か分かる術《すべ》はないかと、鉄五郎はその場に立ち尽くして考えた。

「あれ、まだいたんかい」

そこにつっ立ってられちゃ邪魔だと言わんばかりに、木戸番の蔑《さげす》む目が向いた。

「すまねえついでに、もう一つ訊きてえんだが」

「早いとこ、訊いてくれ」

「小屋を取り壊した鳶《とび》は、どこの組の者《もん》だか知ってるかい？」

「なんだか、鳶の印半纏《しるしばんてん》には『三善組』って、書いてあったな」

「……三善組」

三善組は、萬店屋傘下の建築業である。

「すまねえ、邪魔したな」

一つ、明るい見通しであった。こいつはいいことを聞いたと、鉄五郎は木戸番に礼を言い歩き出した。

「なんでぃ、遊んでいかねえんかい」

木戸番の声が背中で聞こえたが、鉄五郎は足を急かせた。向かう先は、浅草諏訪《すわ》町《ちょう》にある三善組の本店である。諏訪町は、浅草御蔵の北側に位置し、大川沿いの町屋である。材木問屋が軒を並べる、浅草材木町《ざいもくちょう》が近いとそこに三善組の作業場もあった。

三善組は、自分のところでも大工を抱えるが、仕事を請け負うと大抵は下請け、孫請けに仕事を流し、その統括をする業態であった。建築業の元締めとして、江戸でも五本の指に入る大手といわれる。

鉄五郎は、間口の広い三善組の店先に立った。大旦那の名は、八郎衛門《はちろうえもん》といい五十歳に近い男である。むろん顔は知っているが、面と向かって話したことはあまりない。

二

店といっても、品物を売るところではない。板場には、机を並べて五人ほどの男が図面やら、帳簿の書き物をしている。

「ごめんよ……」

広い土間に立ち、鉄五郎は一番手近にいる男に声をかけた。

「どちらさまで?」

初めて来る店なので、鉄五郎の顔を見知る者はいない。土間に立つ大男に、奉公人たちの訝《いぶか》しそうな顔が向いた。

「大旦那の、八郎衛門さんはおいでで?」

「おりますが、どちらさんで?」

同じ問いが、二度かかった。

「鉄五郎が来たといっていただければ、それで分かると思いますが」

「どちらの鉄五郎さんで? ご用件を言っていただけないと、お取り次ぎはできませんが」

こんなところで、問答などしている暇はない。イライラが募るが、やたらと身分は明かせないし、怒鳴り飛ばすことなどなおさらできない。さて、どうやって説き伏せようかと鉄五郎が考えているところであった。

「もしや……」

と、鉄五郎の背中に声がかかった。振り向くと、以前あった花火師殺害の事件で見知っている、源六《げんろく》という男が立っている。三善組の一番棟梁《とうりょう》といわれる男であった。

「棟梁、久しぶりですな」

「統帥……いや、鉄五郎さんがなんで直々《じきじき》にこんなところに……？」

「大旦那の八衛門さんと話がしたくて。ですが、怪しい者と思われてか、なかなか取り次いで貰うことができなくて……急ぎなので、困っていたところだ」

声高に萬店屋の統帥と言えないことは、大旦那の八衛門から言い含められて源六にも分かっている。

「さいでしたかい」

源六は小さくうなずくと、板間にいる奉公人に顔を向けた。

「だったらこの方は、大旦那の知り合いだ。急ぎなんで、早く取り次いであげな」

「分かりました、番頭さん」

源六は、一番棟梁であるが三善組の番頭でもあった。ならば、大旦那でなくても源六で用が足りるかもしれない。

「ちょっと棟梁に訊くけど、両国広小路にある芝居小屋で、南野座って知ってるかい？」

「ええ。先だって、人が殺された小屋でやすね」

「南野座が解体されてたけど、三善組《こ こ》が請け負ったのか？」

「筵《むしろ》小屋の解体なんてのは、小さな仕事なんで……」

源六の語りが止まったのは、奉公人が戻ってきたからだ。

「大旦那様が、お会いすると言ってます」

「案内なら、俺がするからいいぜ。どうぞ、上がってくだせい」

源六の案内で、八衛門のいる部屋へと導かれる。障子戸を開けると、八衛門が下座に座って鉄五郎を待っていた。

「大旦那、座るところが違いますぜ」

「いや、こういうことはきちんとしませんと統制が取れませんから」

八郎衛門も、大店《おおだな》の頭領である。それが、鉄五郎を崇《あが》め立てている。

「忙しいところ、急に申しわけございません」

鉄五郎は、言葉でもって相手を敬った。

「いや、とんでもない。それより、お急ぎの用件と聞きましたが、どのような話で……？」

「今も棟梁に訊いたのですが、大旦那は両国広小路の南野座ってご存じで？」

「ええ、もちろん。先だって、席亭と座長が殺されたって騒いでましたが、それが何か当方と……？」

八郎衛門の話し振りだと、どうやら解体の件は知らないらしい。

「手前も、今しがたそのことを訊かれたのですが」

源六の話が途中で止まっている。

「南野座の解体が、どうやら当方の手でなされたようでして」

大旦那も番頭も、三善組が請け負ったことを知らないようだ。その理由が、改めて源六の口から語られる。

「三善組が請け負うにしては、ずいぶんと細かい仕事なんで……」

「それじゃ、大旦那も番頭さんも知らなかったと？」

「逆に統帥……いや鉄五郎さんは、なんでそれを知りなさったと？」

八郎衛門の問いであった。

「解体した鳶の職人が、三善組の印半纏を羽織ってたと聞いたもんで」

「となると、どこかの支店で仕事を請けたのですな。そこの旦那に訊いたほうが早いか」

萬店屋傘下では、本店を大旦那、支店の頭を旦那といって呼び方を変えている。三善組は、本店のほかに五か所に支店を設けている。そこで請け負った小さな仕事など、いちいち大旦那や番頭の耳に入るものではない。これから、その支店を全部当たるのはいささか気が滅入る。それに、そんな時の余裕はない。

「支店というのは、どちらなんで？」

鉄五郎の問いに、源六が答える。

「五か所ありまして、北から上野黒門町《うえのくろもんちょう》、神田佐久間町《さくまちょう》、日本橋元大工町《にほんばしもとだいくちょう》、深川海辺大工町《ふかがわうみべだいくちょう》、そして銀座尾張町《ぎんざおわりちょう》ってところですかな」

この中で、鉄五郎の脳裏にピンときた地名があった。

「神田佐久間町だと、神田松永町とは近いですよね」

「ええ。二町と離れてはないようで」

源六の答に、鉄五郎は大きくうなずく。そして、腰を持ち上げた。

「ちょっと待ってくださいな、鉄五郎さん」

慌てて立ち上がろうとするのを、八郎衛門が止めた。

「何か、大きな事情《わけ》があるとお見受けしますな。もし、よろしかったらそれを話しちゃいただけませんか。ええ、急ぐのは重々承知してます。ですが、急がば回れって格言もあります。これまで鉄五郎……いや統師のしてきたことを見れば、大変な事件に関わっているものと。でしたら三善組だけでなく、江戸中の三善屋が動かなくちゃなりませんや」

「ありがたい、大旦那。だが、ここで語るのはちょっと待ってください。それよりも、佐久間町に一刻も早く行きたい。花村貫太郎一座の座員が、どこに消えたのか知りたいので。もしかしたら、あとで三善屋の旦那衆全員、萬店屋に集まってもらうかもしれません」

「だったら、手前も一緒に佐久間町の店にまいりやしょう」

「そうしてやってくれ、番頭さん」

鉄五郎と源六が、同時に立ち上がる。

「歩いて行くより、大川で舟を拾いましょうや」

そのほうが早いと、源六が言葉を添えた。

駒形町《こまがたちょう》の船宿で川舟を雇い、大川から神田川に入る。

源六が舟で行こうと言ったのは、速いこともあるが佐久間町に着くまで話を聞くことができる。

「いったい、何がありましたので？」

源六の問いに、黙る必要もない。

「ちょっと、南野座の事件に関わっちまって。どう説明していいのか……」

いろいろなことがあって、鉄五郎の頭の中がまとまらない。詳しく話せば、四半刻あっても足りないだろう。鉄五郎が考えている間にも、舟は神田川に入り、柳橋を潜《くぐ》った。

――そうだ、これだけは言っておける。

「詳しいことはあとで話すが、どうしても救ってあげなくてはならない人たちがたくさんできた。それを、萬店屋の総力を上げてやろうってのだ」

「統帥が……」

「おい、そいつは……」

鉄五郎が、舳先《へさき》で水棹《みざお》を手繰《たぐ》る船頭を見やった。だが、舟の行く手に気を取られ、聞こえている様子もない。

「すいやせん。鉄五郎さんのやることでしたら、みんな従いますぜ」

「ありがたい。今は、その言葉だけで充分だ」

やり取りをしているうちに、和泉橋を潜《くぐ》った。溪谷のように深く抉《えぐ》られた神田川の岸に、小さな船着場がある。桟橋に降り、石段を上がると和泉橋の袂《たもと》に出る。そこから一町ほど歩くと、三善組の支店がある。そこには作業場はなく、仕事を請け負うと下請けに流し、工事の段取りの差配をする店であった。なので、支店といっても、しもた屋風の一軒屋に看板を揚げているだけである。

店先の油障子に『三善組』と書かれ、建築業と知らない人はやくざの宿《やさ》と間違えるそうだ。

「ごめんよ」

障子戸を開けて、源六が声を飛ばした。

「これは、本家の番頭さん」

板場で書きものをしていた若い衆《し》が応対をした。

佐久間町支店の旦那の名は、伝蔵《でんぞう》と言った。

伝蔵とは、鉄五郎の萬店屋統帥披露の席で、一度会ったきりである。あれから十月ほどが経ち、鉄五郎は伝蔵の名も顔も忘れている。なにせあのときは、百人以上が初対面で、到底憶えられるものではなかった。

「これはこれは、ようこそ……」

揉み手をしながら、伝蔵が鉄五郎と源六が待つ部屋に入ってきた。伝蔵のほうは鉄五郎を憶えているようだ。

「統帥がこちらに来るなんて、またなんのご用で？」

四十歳前後の脂《あぶら》ぎった顔であるが、鉄五郎は思い出せずにいる。

「忙しいところすみません。ちょっと、訊きたいことがありまして」

挨拶を省略し、鉄五郎はすぐさま本題に入る。

「両国広小路の、南野座の解体を請け負ったのはこちらで……？」

「ああ、あの芝居小屋ですか。左様ですが、それがどうなされたと？」

「誰に頼まれて、あの小屋を取り潰せと？」

「ちょっと待ってください。請《う》けた者を呼んできますから」

言って伝蔵が座を外した。そして、すぐに若い者を連れてきた。それは、最初に応対をした若い衆であった。同じ問いが、伝蔵の口からされた。

「ああ、南野座の解体ですか。それでしたら、おとといの夕方ご浪人風のお侍が来まして、急ぎ取り壊してもらいたいと。当方では、筵小屋の解体はしないと言ったのですが、凄い形相でにらみつけられ、それと十両の小判を差し出すものですから」

「その浪人の名はなんと……？」

「たしか、国分半兵衛とおっしゃっておりました」

「なんだって！」

建屋に振動が起きるほどの、鉄五郎の驚愕であった。

「何かありまして？」

「いや、大声を出してすまない」

ここは冷静にならなければと、伝蔵の問いに、鉄五郎は小さく頭を下げて詫びた。

「それで、その浪人てのは、どんな様子だった？」

「月代《さかやき》はなく、浪人髷《まげ》で……」

「そんな様子じゃなくて、振る舞いのことだ」

「すこぶる平穏で、落ち着いておられました」

「何か言ってたかな？」

「いえ。口数も少なく、ただ急いで頼むと申されまして。たいした請負い仕事でもないですし、十両でしたらと引き受けました」

「南野座の小屋に、一座の団員がいたと思うが……」

「それは、手前にはなんとも。鳶の下請けが五両で請け負うと見積もりが立ちましたので、仕事は丸投げしましたから」

三善組の儲けなどどうでもいい。現場にも行ってないというのが、鉄五郎にとっては腹立たしかった。

「その下請けってのは、どこの鳶でぃ？」

鉄五郎の口調が、荒くなっている。顔も真っ赤に硬直しているので、鬼の形相となっている。

「へい『ほ組』の親方でした」

町火消しでもある『ほ組』は、柳橋の平右衛門町《ひらえもんちょう》から森田町《もりたちょう》、元鳥越町《もととりごえちょう》まで、神田川北側一帯を受け持つ鳶人足である。普段は、建屋の足場作りとか解体などの鳶職を本業としている。

「三善屋の印半纏を着ていたようだが？」

「ええ。ほ組は火消しのときの役割でして、本業のときは元請けの半纏を着てもらいます」

「そのほうが、当方の名を広められますしな」

若い衆の答に、伝蔵が言葉を足した。

「……ほ組に行かないといけえねえか」

三善組の支店では、花村貫太郎一座の行方を知ることができない。その後の事情を知るために、鉄五郎は『ほ組』を訪れることにした。

「ほ組の頭《かしら》は、千次郎《せんじろう》さんていったよな。だったら、おれのよく知る男だ。これから行ってみる」

鉄五郎が昔無頼《ぶらい》であったころ、世話になった鳶の頭《かしら》である。百人以上の鳶が出入りする本拠は、浅草御門を北に行った瓦町《かわらちょう》にあった。鉄五郎がそこを訪れるのは、新内流しになるずっと前だから、八年ぶりとなろうか。

三

それから四半刻後、鉄五郎はほ組の頭、千次郎と向かい合っていた。

話を聞いておいてもらおうと、源六も脇についている。久しぶりの再会の挨拶を済ませ、話は本題に入った。

「三善組の棟梁と、きょうはなんの用事だい?」

「南野座の取り壊しを、こちらで請け負ったと聞きまして」

「ああ。三善組さんから降りてきた仕事だ。それが、どうしたって？」

百人以上の、荒くれ者たちを押さえる頭である。四角く彫《ほり》の深い精悍な顔に、貫禄が滲み出ている。いく分開き目の眉間に皺を刻ませ、鉄五郎に問うた。

「そこに、花村貫太郎一座の座員がいたと思うんですが……」

「花村貫太郎ってのは、殺された座長のことかい？」

「ええ。残された、座員はどうなったかと、そいつを聞きたいので」

「いや、俺が聞いた話《わけ》だと、楽屋には誰もいなかったとのことだ。壊す前に、追い出す手間が省けたと、若え者《もん》が言ってたな」

千次郎のこの一言で、ほ組での用事は済んだ。

「左様でしたかい。それだけ聞ければよろしいんで、源六さん帰りましょうか」

気落ちはするも、鉄五郎は先を急ごうと腰を浮かした。

「ちょっと待ちない」

片手を差し出し、千次郎が引き止める。ほ組の頭が止めるのを、無下《むげ》にするほど鉄五郎は野暮《やぼ》ではない。

「へい」

「鉄五郎は、今は新内流しをしてるって聞いたが、なんでこのことを探ってるい?」

「実は、初雪が降った夜、手前と松千代が南野座の前を通りがかって、最初の発見者なんで。しかも、殺されたのが世話になったお席亭でして。それからいろいろとありまして……」

「それで、昔の無頼魂に火がついたってわけか」

鉄五郎の、まどろっこしい話は最後まで聞けないと、千次郎は途中で話を遮《さえぎ》った。

だが、鉄五郎のお節介には理解を示したようだ。

「急ぐだろうが、ちょっと待っててくれ」

千次郎は座を外すと、二抱えもある大きな葛籠《つづら》を重そうに抱えてすぐに戻ってきた。

「楽屋はもぬけの空だったらしいが、この荷物を忘れていったようだ。御番所に渡すかどうか考えていたが、鉄五郎が持っていけばいい。何かの役に立つかもしれねえからな」

手で抱えて帰るには、鉄五郎の大きな体でも無理がある。

「背負えば、持って帰れんこともねえだろ。今若え者に、作らせてやる。ちょっと待ってな」

再び千次郎は、部屋から出ていった。

「開けてみますかい？」

「ええ……」

源六の言葉に鉄五郎は返すと、葛籠の蓋《ふた》を開けた。中には衣装や、白粉《おしろい》などの化粧道具が入っていて、目ぼしいものは見つからない。

「これなら、御番所に預けたほうが……いや、ちょっと待て」

鉄五郎が見つけたのは、底のほうにあった一冊の戯作本《げさくぼん》であった。表紙に『算盤《そろばん》侍《ざむらい》雪夜の変事』と書かれてある。作者は春空一風《はるぞらいっぷう》とある。聞いたことのない作者だが、鉄五郎は『――雪夜の変事』という部分に、気持ちが向いた。南野座の事件の夜と、状況が被ったからだ。

「葛籠の中を見たようだが、何か目ぼしいものでも入っていたかい？」

そこに、千次郎が戻ってきた。黒く日焼けした、逞《たくま》しい男がうしろに立っている。

「ええ。役に立ちそうです」

戯作本だけ持って帰るというのも気が引けると、鉄五郎は葛籠ごと背負うことにした。

麻縄で器用に縛ると、背負子《しょいこ》のように背負える肩掛けができ上がった。

「鉄五郎は今、どこに住んでいるんだ？」

「浜町堀沿いは小川橋袂の、高砂町です」

「そうかい。もし何か分かったことがあったら、すぐに若え者を飛ばす」

「そうしていただければ、ありがたいです」

高砂町への帰路は、葛籠を背負って歩くこととなった。源六とはその場で別れ、鉄五郎は家路を急いだ。


高砂町の家に着いたときは、とっぷりと日が暮れていた。

開口一番、松千代に向けて言う。

「きょうは、新内流しは休みだ。お松にも聞かせる話があるしな」

「何か、あったのかい？」

「ああ。あちこち回って、驚くことばかりだった」

重い葛籠を式台に置くと、鉄五郎が自分の肩に手を当てて言った。重さから開放され、やれやれといった口調である。

「なんですか、この葛籠は？」

「まあ、奥で話す。その前に、腹が減ったんで何か食うもんがあるか？」

「冷や飯で、湯漬けを作るよ。梅干と、おいしい漬け物があるからちょっと待ってておくれ」

湯漬けができる間、鉄五郎は自分の部屋で大の字となった。

浩太が、国分半兵衛が捕まったと話をもたらせてから三刻ほどが経つ。暮六ツから半刻ばかり過ぎている。本来なら、松千代と新内流しに出ている刻である。だが、その気に鉄五郎はまったくなれなかった。

「そうだ……」

鉄五郎は、葛籠の蓋を開けて綴《つづ》り本を取り出した。

「算盤侍雪夜の変事ってか」

百目蠟燭《ひゃくめろうそく》に火を灯《とも》し、明るくして戯作本の丁をめくった。

「――坂上竜之進《さかがみりゅうのしん》という侍が、ご用部屋で算盤を弾いていた」

一行目を、鉄五郎は声を出して読むのと、松千代の声が重なった。

「湯漬けができたよ」

松千代の声に、鉄五郎は綴を閉じると体を起き上がらせた。膳に湯気の立った丼と、小皿に塩が吹き出た梅干に、大根干しのぬか漬け沢庵《たくあん》が添えてある。

「こいつは、うめえや」

沢庵をポリポリと音を出して嚙み、すっぱい梅干に顔を顰《しか》め、サラサラとかっ込むようにして湯漬けをさらった。空腹に、塩気が沁《し》み入る。

「人心地《ひとごこち》、ついたぜ」

「もう一杯、お代わりしようか？」

「いや、いい。それよっか、お里さんと平吉の様子はどうだ？」

「ええ。平吉ちゃんは、大きな屋敷の中ではしゃいじゃって、すこぶる元気なこと」

「そうかい。そいつは、よかった」

鉄五郎は顔をほころばせると、すぐに真顔に戻した。

「あした、梅若太夫も本家に預けるぞ」

「というと……」

「気を取り戻したが、まったくものを憶えていねえ。玄沢先生が言うには、記憶喪失ってことだ」

「きおくそうしつ……？」

松千代にしても、聞き慣れない言葉であった。

「自分が誰かってことを、忘れているらしい。名も素性も、何から何まで思い出せないのを喪失っていうそうだ」

「お気の毒に」

「なので、こっちで引き取って面倒を見ようと思ってる」

「座員の方たちは？」

「それがな……」

鉄五郎は、南野座が解体された件を語った。

「すると、座員のみなさんの行方が知れずと」

「ああ。楽屋に、この葛籠が一個残されてたってことだ。忘れたのだか、置いといたのだか、それはなんとも言えねえ。それで、葛籠の中にこれが入っていた」

戯作本を手にして、松千代に見せた。

「あとで、読もうかと思ってる。ところで、驚くことがまだあった。南野座の解体を、三善組に頼んだのは誰だと思う？」

まだ、国分半兵衛の名を出していない。松千代の勘働きを試すように鉄五郎が問うた。

「あんたが驚くとすりゃ、お里さんかご亭主しかいないわね。でも、お里さんではなさそうだし……えっ、まさか……？」

「ああ、そのまさかだ。国分半兵衛が、おととい佐久間町の三善組に、十両でもって小屋の解体を頼んだってことだ」

「十両も……ですか」

よくそんな金があったかと、松千代の考えもそこに向いた。

「今夜は遅いから、あしたにでもお里さんに訊こうと思ってる」

「それにしても、きょう一日でいろいろなことがありましたのね」

「ああ。あったのはあったのだが、何一つ分かってはいねえ。むしろ、分からねえことだらけになってきた」

鉄五郎は、鼻から荒い息を吐き、腕を組んだ。

「こいつは、一筋縄《ひとすじなわ》ではいきそうもねえな」

独り言のような、言葉が漏れる。松千代は、葛籠の蓋を開けて中をまさぐっていた。

「おまえさん、女物の衣装ばかりだね。それと、白塗りの白粉の器がいくつも出てきた」

鉄五郎は、葛籠の中を詳しくは見ていない。

「女物の帯も……名が刺繍《ししゅう》してあるわ。なんて、読むんだろ?」

松千代は、帯を明かりのもとに近づけ文字を読んだ。

「えーとこれは……花村市乃丞《いちのじょう》って書かれてあるわ」

「花村市乃丞だって? そんな名の人は、一座にはいなかったな」

「もしかしたら、先代の座長じゃないかしら？」

「いや、そいつはなんとも言えねえ。花村貫太郎の、女形《おやま》の名かもしれねえ。役者は芸の名を、使い分けていることもあるからな」

　白粉が多くあるのは、花村貫太郎が使っていたものと取れた。

「いずれにしてもこの葛籠は、花村貫太郎座長のものだろう。それにしても、女物ばかりだな」

　振袖や小袖の着物のほかに、長襦袢《ながじゅばん》から腰巻まで入っている。みな、女性が身に付けるものばかりであった。

「……白塗りの顔かい」

　鉄五郎はふと呟くと、畳の上に大の字となった。

「座長は、なぜに化粧を落とさなかった？」

　自分に問う言葉である。松千代は、膳を下げて炊事場に行っている。

　鉄五郎は体を起こすと、再び戯作本を手にした。

　一行目はすでに読んでいる。その先を読むも、あまり本を手にする習慣がない。十行ほど読み進めるも頭に入らず、その前に睡魔が襲ってきた。

「あら、しょうがない人」

畳に直《じか》にごろ寝して、鼾《いびき》をかいている鉄五郎に、松千代は厚めの蒲団をかけた。

四

翌日、鉄五郎は早くに萬店屋の屋敷の門を潜った。

玄関の遣戸を開けて、中へと入る。

「誰か、いねえかい？」

広い三和土に立って、奥へと声を飛ばした。自分の家だといっても、案内がいないと、迷ってしまう。平屋で五百坪は、部屋数にしてどれだけあるか数えることもできないほどだ。

一度では、声が届かず誰も出てこない。

「不便な家だな」

独りごちると、鉄五郎はなおさら大きな声を、奥に向けて飛ばした。玄関の板間に飾る虎が画《か》かれた衝立と、床に敷かれた熊の毛皮に鉄五郎の目が向いている。

「どっちも趣味が悪いな」

ブツブツと、文句を垂れているところに奥から足音が聞こえてきた。お仕着せの、紺絣《こんがすり》の小袖を着た女中が二人、並んで板間に座った。三つ指をついて、鉄五郎に拝礼する。

「おはようございます、ご主人さま」

二人の女中の、声がそろっている。

「おい、そんな格好よしてくれ。挨拶は、立ったままでいいよ。どうも、くすぐったくていけねえ。それより、お里さんと平吉は……？」

「はい。お二方ともお元気で、今朝餉《あさげ》を摂《と》られております」

「よし、あとで会うことにしよう。先に、大番頭さんのところに行くので、案内してくれ」

「かしこまりました。どうぞ、お上がりになってくださいまし」

鉄五郎は、雪駄を無造作に脱ぐと、式台に足を載せた。女中の一人が、雪駄を三和土にそろえる。

「すまねえな」

一言声をかけて、鉄五郎は女中のあとについた。

「多左衛門さん、入りますよ」

「統帥ですか、どうぞお入りください」

初代統帥善十郎《ぜんじゅうろう》の代から、萬店屋の管理一切を任せている大番頭である。五十歳を超したその押し出しと、経営の手腕に、鉄五郎は全幅の信頼を置いていた。また、多左衛門のほうも、鉄五郎の気風《きっぷ》のよさに一目《いちもく》置いている。互いを認め合う、主従の関係であった。

「すまないな、大番頭さん」

朝の挨拶もそこそこ、鉄五郎は多左衛門と向き合うと頭を下げた。

「何を謝っておいでで……？」

「いきなり他人《ひと》を連れてきてしまって」

「それはまったく気にすることはございませんが、また何か深いご事情がありますようで」

「まだ、大番頭さんには詳しく話してはいませんでしたな」

「清吉から多少聞いておりますが、詳しくはまだ。ですが、統帥のやられておることです。手前どもは、それに従うだけでございます」

「そう言ってもらうとありがたい。それで、あとでもう一人厄介になる娘を連れてきたいのだけど」

記憶を失ったお梅を預けるとなれば、多左衛門にもすべてを知っておいてもらわなくてはならない。鉄五郎は、これまでのあらましを語った。

「南野座の事件の、最初の発見者とお聞きしてはいましたが、ずいぶんと込みいった話になっておられますな」

「ああ、そうなんだ。それでおれは、この事件にとことん首を突っ込んでみようと思ってる。そのため、この先も大番頭さんの助《すけ》がどうしても必要だ。どうか、力になってもらいたい」

「統帥、そんな他人行儀な。手前どもは、いつでも鉄五郎さんの味方ですから。遠慮なんか、あなたさんには似合いませんぞ」

恰幅のよさから押し出す貫禄は、大店の大旦那そのものを髣髴《ほうふつ》させる。その多左衛門が、顔に笑みを含ませながら鉄五郎を諫めた。

「そうだ、お梅さんとやらを連れてくるとおっしゃってましたな。病が癒《い》えてないのなら、無理な運び方はできんでしょう」

多左衛門も、一言聞いただけで心得ている。

「玄沢先生も、そう言ってた」

「だったら、いいのがあります。ちょっと辛気《しんき》臭いですけど、これでしたらゆったりと安全に運ぶことができます」

「なんですかい、それって？」

「まあ、任せといてくださいな。それで、いつ運べばよろしいので？」

「玄沢先生は、いつでもいいと」

「ならば清吉に言って、昼八ツまでには連れてこさせましょう」

「ならば、おれも一緒に行く」

鉄五郎が同行しないと、お梅を引き取ることはできない。だが、この日はいろいろと動くことがありそうだ。玄沢の医療所で落ち合う刻を決め、鉄五郎はお里と平吉のいる部屋へと向かった。

母子には、六畳の部屋が与えられている。

「おじちゃんだ」

鉄五郎が障子戸を開けると、平吉がまとわりついてきた。

「朝めしは食べたか？」

「うん。みかんがおいしかったよ」

庶民ではなかなか味わえない紀州《きしゅう》産の蜜柑《みかん》が、食後についてきたと平吉は喜んでいる。

「そうか、そいつはよかった」

平吉の頭をなでながら、鉄五郎は笑みを向けた。

「何から何まで……」

部屋の中ほどにいるお里が、頭を下げている。

「退屈ではないですかな？」

「いえ、とんでもない。広いお庭でも遊ぶことができますし、平吉は喜んでおります」

どうやら、もてなしも完璧なようだ。連れてきてよかったと、鉄五郎はほっと安堵の息を吐いた。

「鉄五郎さんは、こちらさまとどんな関わりがございますので？」

「ここの主人とは、餓鬼のときからの友だちでな、子供のころ悪童に虐《いじ》められていたのをずいぶんと救ってやった。だから、おれの言うことならなんでも聞いてくれる。そんなんで、遠慮なんぞまったくしなくていいんだぜ」

「でしたら、ご主人様に一言でもお礼を」

「人前に出るのが、極端に嫌いな奴なんだ。金持ちなのに弱虫でな、だらしない野郎よ。なので、気にすることもねえ。それと、ここには住んでないしな」

鉄五郎の言葉に、納得しているかしていないのか、お里は首を垂れて黙ったままとなった。あまり、この話に触れていたくない。

「ところで、お里さんに頼みがあるのだが……」

話題を切り替えるように、鉄五郎はお里に話しかける。

「あたしにできることでしたら、なんなりと」

「また一人、娘さんを預かることになった。その娘というのは……」

鉄五郎は、お梅の現状を語った。するとお里は得心をしたように、大きくうなずきを見せた。

「平吉と遊ばせれば、少しは病気も回復すると思ってな」

「それは、よいお考えで。あたしも梅若太夫、いえお梅ちゃんのことは気になっておりましたから」

「そうかい。だったらお梅ちゃんのことは、お里さんにお願いするわ」

「任せておいてください」

お里の返事で、鉄五郎の心配事は一つ減った。だが、鉄五郎のにこやかだった顔は、そこまでである。

「ところで、お里さんに訊ねたいことがあるのだが？」

眉間に皺を寄せ、難しくなった鉄五郎の面相に、お里は一瞬たじろぎを見せた。

「なんでございましょう？」

「ご主人の、国分半兵衛さんのことなんだが」

「亭主が、何か……？」

不吉な想像をしたかのように、お里の顔色が瞬時で変わった。

「心配だろうが、今のところご亭主には何も起きていない」

捕らえられ、今は大番屋で吟味を受ける国分半兵衛のことは、讀賣屋の若い者に様子を探らせている。何か変事があったら、報せが来ることになっている。

「きのう、南野座の前を通ったら、取り壊されて更地になってた」

「もうですか？」

「お里さんは、知らなかったのか？」

「ええ、ちっとも」

お里の返事の様子から、本当に知らなかったと見える。

「それが先おととい……」

南野座の、解体の経緯を鉄五郎が語った。

「亭主が解体を頼んだなんて、まったく知りませんでした。しかも、十両なんてお金、あたしは見たこともございません。そんな大金、あたしに隠して持っていたなんて……」

十両の金に、悔しさが向いているようなお里の口ぶりであった。

「だったら、本当に知らなかったのだね」

「ええ……」

「ならば訊くが、お里さんと国分さんはどんな馴《な》れ初《そ》めだったのだい？　余計なことかもしれんが、正直に話してもらえないか」

鉄五郎の問いに、お里が小さくうなずいた。

「今から、二年ほど前のこと……」

「ちょっと、待ってくれ」

お里が、ゆっくりと話しはじめたのを鉄五郎が止めた。

「平吉は五つだろ、勘定が合わないな。それと、喜八郎さんの葬式のとき、たしか半兵衛さんとは六年前にって聞いたが」

「実は正直、あたしは二年前まで子持ちの後家でして……国分半兵衛とは、そのころ知り合いました。六年前と言ったのは、国分が浪人となって江戸に出てきたときでして」

鉄五郎が、口をあんぐりと開けながら問う。

「なんで、そんな偽りを？」

「平吉は、国分を実の父親と思っております。ですから、あの子の前では。それと、いちいち他人さまに本当のことを言わなくたって、よろしいですわよね」

「まあ、それはそうだが……」

「ですが、事がここに至っては、鉄五郎さんになら正直にお話ししておいたほうがよろしいと思いまして」

淡々と語るお里の口調に、鉄五郎は訝《いぶか》しさの反面、幾ばくかの思惑を抱いた。

「そいつはありがたいが、国分半兵衛さんにとって難しいことになるかもしれない」

「それは、仕方がございません。もしかしたら、本当にお父っつぁんを殺《あや》めたのかもしれませんし」

「なんだって！」

鉄五郎の驚愕に、部屋の隅でお手玉をして遊んでいた平吉が驚いた顔を向けている。

「驚かしちまったか、すまねえ。なんでもないから、お手玉をして遊んでいな」

「うん」

鉄五郎がにっこりと返すと、平吉は何ごともなかったように、お手玉の数え歌を唄い出した。

〽ひとつ　ふたつ　みますのごもん
　ゆきのふるよる　よつどきすぎて……

「あの唄は、国分から教わったものでして」

　唄の途中で、お里が口を挟んだ。

「すると、国分半兵衛さんは平吉のことを……」

「ええ、本当の親子のようにかわいがってくれてました」

「そうでしたかい」

「ですが、国分が捕らえられたというのに、あの子ったら悲しそうな顔一つ見せず、ずっとあのように遊んでいるんですよ」

　そういえば、昨日お里のもとを訪れたとき、平吉の様子に変わったところはなかった。そのとき鉄五郎の脳裏に不思議な思いがよぎったが、さして考えもしなかった。

「平吉の、気丈なところだと思っていたが……」

　だが今は、お里の話を聞いて違った考えになってきている。

「あの子の心の内を、聞き出せませんで」

「ならば、そのままにしといてくださいな。無理にこじ開けることもないでしょう」

平吉のことは、心の隅に留め置いた。

「それよりも、国分半兵衛さんのことを、もう少し詳しく話しちゃくれませんか」

鉄五郎の促しに、お里は小さくうなずきを見せた。

五

鉄五郎が、萬店屋の本家を出たとき丁度《ちょうど》、四ツを報せる鐘が鳴りはじめた。

萬店屋には、一刻ほどいたことになる。小川橋で浜町堀を渡る鉄五郎の歩みは遅い。腕を組み、考えごとをしながら歩いているからだ。しかし、なんの答も出せることなく、家へと着いた。

戸口の遣戸を開けると同時に、松千代が血相を変えて出てきた。

「ずいぶんと、遅かったね。今、本家に行こうと思ってたんだよ」

「何かあったのか？」

三和土に立ったまま、鉄五郎が返した。

「今しがた、讀賣屋さんから報せが来て、国分半兵衛さんが伝馬町の牢屋敷に運ばれたって」

「なんだと！　奉行所ではないのか？」

町奉行所のお白洲ならば、奉行の再吟味ということもありうる。さすれば極刑だとしても、多少の時の猶予が出てくる。だが、大番屋での吟味のあとに、牢屋敷に連れていかれたということは、のっぴきならないことを意味する。死罪が決まり、手続きを経て数日後に牢屋敷の刑場にて執行される。牢屋敷に行くということは、刑の決定を意味するのだ。

鉄五郎はここで、はたと考え、動き出す様子はない。

「どうしたのだえ、おまえさん。平吉ちゃんのお父っつぁんを、このままにしておいていいのかい？」

顔面に皺をつくり、鉄五郎の苦渋の表情である。こんな形相を、松千代は初めて目にする。

「何か、あったんだね。黙ってるなんて、おまえさんらしくないね」

「お松……」

ようやく鉄五郎の口から、言葉が漏れた。

「南野座に押し入ったのは、国分半兵衛さんだった」

鉄五郎の断言したような言い方に、松千代の大きな目が見開いた。

「何を言ってるんだい、おまえさん」

「ああ、どうやらそのようなんだ。お里さんが、泣きながら話してくれた」

「いったい、何をさ？」

松千代の声も、震えを帯びている。

「女房が、亭主を陥れるようなことを言っていいのかい？」

「いいわけねえだろ！」

鉄五郎が、怒号で返す。その苛立ちに、松千代の膝が頽《くずお》れた。

「しっかりしろ、お松。がっかりしている暇はねえぞ。これにはまだまだ深くて重い事情が重なっているようだ。おれはそいつを、必ず解きほぐしてやる」

床で塞ぐ松千代に向けて、鉄五郎は自分の決意を飛ばした。

お里の話を聞いて、鉄五郎が考えていたのは、花村貫太郎の末期の言葉である。

「……たしかに『ぶはん』と言ったのは、座長のほうだ」

しかし、捕らえられたのは、席亭と関わりがある国分半兵衛であった。

「ここがどうしても、分からねえ」

三和土に立ったまま、鉄五郎は独りごちる。

お里に、国分半兵衛の出生地を訊いたが「——それだけは教えてもらえませんでした」と、首を振るだけであった。

「おい、お松。亭主の昔を知らない女房っているか？」

板間に座ったままの松千代に、鉄五郎が問うた。

「そりゃ、中にはいるでしょうよ。あたしだって、あんたがこんなお人だとは思ってもいなかった」

「そういえば、お松が博奕《ばくち》打ちだってことを、おれも知らなかったからな」

「惚れた腫れたでいれば、そんな昔のことなんか、どうでもいいってことさ」

気持ちが戻ったか、松千代が立ち上がりながら言った。

「だがな、お松。お里さんと国分半兵衛の馴れ初めに、どうもおれは引っかかるものを感じるんだ」

「だったら、そんなところにつっ立ってないで、上がったらどう。奥で話をしましょうよ」

場所を変えて、鉄五郎と松千代が向き合う。

「お松の考えを聞きてえ」

改めて、鉄五郎が語り出す。話の中身は、お里から聞いた国分半兵衛と一緒になった経緯である。

「お里さんと国分が知り合ったのは、二年ほど前でな。なので、平吉は国分さんの実の子ではないってことだ」

「まあ、そうだったの」

言葉とは裏腹に、松千代の表情にさしたる変化はない。

「なんでい、驚かねえのか？」

「ええ。よくあることだし……」

と、松千代は意にも介してなさそうだ。

「それよりも、二人がなんで知り合ったのか、そのあたりを聞いてないかい？」

「ああ、聞いてる。それは、こんなことだ」

鉄五郎は天井に目を向け、思い出しながらお里から聞いた話を語り出す。

およそ二年前の、秋口のこと。

そのころお里は、平吉を実家に預け南野座の手伝いをしていた。客から木戸銭をもらう、いわゆる木戸番の役目であった。その日の出し物がおもしろくなかったか、お里は、客席の中から出てきた無頼風の男たち三人に因縁をつけられた。

「――こんなつまらねえもの、銭《ぜに》を払ってまで観るもんじゃねえ。銭を返しやがれ」

男たちの剣幕が、両国広小路の喧騒の中に轟《とどろ》き渡った。あっという間に、人垣ができるも、誰も救《たす》けに立ってはくれない。だが、お里は怯《ひる》んじゃいない。

「言いがかりはよしておくれ」

いちいち銭を返していたら、座元は成り立ってはいかないと、お里は無頼に立ち向かった。だが、相手はそう簡単に引き下がる輩《やから》ではない。銭をせしめて、今夜の酒代にありつこうって肚《はら》だ。

「こんなうす汚ねえ小屋、ぶっ壊してやる」

客たちの面前で、無頼どもが暴れ出した。興行中の一座の幟《のぼり》を引き倒しては足蹴《あしげ》にし、出し物を掲げた看板を、棒切れを振り回して打ち壊す。お里一人では、止められるものではない。無頼の暴挙を止めるには、言われたとおりに銭を返す以外にない。お里は、木戸銭を入れた銭函から、文銭を一《ひと》つかみして振り向いた。すると、どうしたことか、無頼たち三人が地べたに這いつくばっている。

「ここから失せないと、次は物打ちがその方たちの首を叩っ斬る」

無頼たちを恫喝《どうかつ》するのは、小袖に平袴《ひらばかま》姿の浪人風の侍であった。腰に一本差し、鞘から刃が抜かれている。刀の棟《むね》で無頼たちを打ち据えると刃を返し、鋒《きっさき》を無頼たちの鼻先に向けている。

無頼たちが逃げ去るところで、野次馬たちのやんやの喝采《かっさい》があった。

「危ないところを助けていただき……」

「どうってことはない」

刀を鞘に納め、一言放つと浪人は立ち去っていった。

鉄五郎はそこまで話すと、一呼吸置いた。

「それが、国分半兵衛さんだったのですね」

話の筋が読めたと、松千代が得心顔をして言った。

「こんなことってのは、よくある話だ。まあ、それが国分半兵衛と関わったきっかけだったのは間違いがない。問題は、その先の話だ」

お里の話の、つづきである。

そんなことがあり、一月半《ひとつきはん》ほどが経つ秋も半ばのころ。

「——おや、あのお方は……」

いつぞや、無頼から救ってくれたお人に間違いがない。

「もし……」

南野座の前を通り過ぎようとする浪人に、お里は声をかけた。

「何か用かな？」

お里は憶えているが、浪人のほうは忘れたような顔をしている。

「あのときは、本当に助かりました」

「昔のことなど忘れた」

「これからどちらに？」

「先のことなど考えていない」

芝居の台詞《せりふ》に出てくる歯の浮くような言葉を、国分半兵衛がポツリと口にする。

「でしたら、お芝居をご覧になっていかれませんか？」

木戸口に掲げられた看板には『花村市乃丞一座　秋興行』と書かれてある。演目は『上武坂《じょうぶざか》の子別れ』とある。

「とても人気があるのですが、滅多に両国には来ない一座なんです。一月《ひとつき》興行も、あと四日で千秋楽《せんしゅうらく》。今度両国に来るのは、一年後となってしまいます」

「芝居には、興味ない」

「左様ですか」

がっかりとした口調でお里は答えた。

「だが、そなたの頼みとあっては聞かぬわけにもいくまい」

「ぜひ、ご覧になってください。お芝居が跳ねましたら、どこかでおいしいものでも」

お里のほうから、夕飯に誘った。無頼から救ってくれた、恩義のつもりであった。

齢は、お里のほうが少し下に見える。

「どうせ暇をもてあましている身だ。言葉に甘えるとするか」

「さあさ……どうぞ」

お里自ら小屋の中へと、案内をする。ちょうど、花村市乃丞一座の芝居がはじまるところであった。

「どうぞ、ごゆっくり」

半兵衛を席に着かせ、お里は外へと出た。

半刻ほどで芝居が跳《は》ね、客がぞろぞろと出てきた。その中に、国分半兵衛も交じっている。客をすべて送り出してから、お里は半兵衛に近づいた。

「さあ、行きましょうか」

「あとの片づけはいいのか?」

「あたしの仕事は、ここまでです。なので、先だってのお礼を……」

「礼なんぞ、いらん」

と言いながらも、お里と半兵衛が並んで歩き出す。両国広小路には、食べ物屋が軒を連ねる。そのうちの一軒を、お里が選んだ。

「ここの鰻《うなぎ》、おいしいのですよ」

この半日で、お里と国分半兵衛の仲は急速に近づいた。

それから三日つづけて、国分半兵衛が芝居を観に来る。

どれも演目は『上武坂の子別れ』である。おもしろいとはいっても、二度も観に来る人は珍しい。それが、千秋楽までの四日通しで来るとは。お里は、半兵衛の気持ちを別にとらえていた。国分半兵衛の気持ちは、自分に傾いているものと。

その夜、国分半兵衛と食事を共にし、そして男女の仲となった。

「お里どの、よければ一緒にならんか?」

褥《しとね》から身を起こし、話を持ち出したのは、半兵衛のほうからであった。

「えっ? ですが……」

お里の気持ちは、すぐに入りきれない。

「国分様とは身分が違いますし、何よりあたしには三歳の子がおります。今夜のことは、行きずりのこととして……」

「そんなことは分かっている。拙者だって、以前は妻子がいた」

「今は……？」

「二人とも、不慮《ふりよ》の事故で亡くした。それ以来、独りきりでの。倅《せがれ》が生きていれば、ちょうどそなたの子と同じ齢だった。お子の名は、なんといったかな？」

「平吉です」

「おお、まったくの奇遇。拙者の子の名も平吉といった」

それからほどなくして、お里と国分半兵衛は夫婦の契《ちぎ》りを結んだ。

南野座の席亭である喜八郎は、端《はな》からこの婚姻には反対であった。一つは、浪人であるも身分が違うこと。それと、まったくの食い詰め浪人で、この先の生活に困窮が予見できること。そして、何より素性がまったく知れぬことが、喜八郎にとっては不安の原因となっていた。

お里は、南野座の手伝いだけでは、三人して食ってはいけないと、手に職のある髪《かみ》結《ゆ》いへと戻った。雇われではあるが、給金は木戸番よりも遥かによい。細々と三人が暮らすには、充分の実入りがあった。しかし、国分半兵衛はまったく働く意思もなく、毎日をブラブラしながら暮らしている。ひとつだけ、お里にとって安堵できるのは、平吉との相性がよかったことだ。連れ子は、義理の父親から虐待を受けるとは、世間でよく聞く話だ。それがないだけでも、お里は仕事に没頭できた。

六

鉄五郎の、お里から聞いてきた話はまだまだつづく。

ただ一つ、国分半兵衛のことでお里が気がかりなのは、ときどき塞《ふさ》ぎ込んで何かを考えている。それを、一度問うたことがある。

「――おまえさん。ときどき塞ぎ込んで、何かを考えているようだけど」

「余計なことを訊くんじゃない」

凄い剣幕にたじろいだことがあり、それからというものお里が口出しするところではなかった。

そして、二年の月日が過ぎたが二人の間に子はできず、一人息子の平吉は五歳となった。

旅芸人一座が『花村貫太郎一座』と座名を変えて、両国の南野座に戻ってきたのは、十月も初めのころであった。このたびは少し長く、二月《ふたつき》の興行を予定していた。

初日の幕が開き、お里がふと怪訝に思ったのは、半兵衛の様子であった。花村一座を待ちかねたように、南野座へと出向く。

「……よほど、花村一座が好きなのね」

当初は、お里もそう思っていた。だが、いくらおもしろいといっても、それほどいれ込む人はそうそうはいない。

花村貫太郎一座の出し物は、さすがに二年前に上演したものとは違っている。今は『成金侍　浮世の果《はて》』という、笑いを取る滑稽物であった。思わぬことで大金を手にした侍が、その金の使い道に困り、かえって怯《おび》え惑《まど》うといった物語の筋である。

それが前半の出し物で、十一月の後半はまた違った物語となる。『命取らぬでおくべきか』という、前半とはまったく異なる、人の怨念を前面に出す芝居であった。十月が喜劇なら、十一月は悲劇である。

「その悲劇も、月の半ばでもって千秋楽を待たずに閉幕したってことだ。あんな事件があってな」

鉄五郎が、お里から聞いた話は、おおよそこんなことであった。

「まだ、話が漏れているかもしれんが、気がついたらおいおい語ることにする。どうだお松、ここまでで何か感じたことはないか？」

「感じるところが盛りだくさん。でも、分からないことばかり。だいいちに、半兵衛さんは、本当にお里さんを見初めて近づいたのかしら？」

「どういう意味だ？」

「最初はそう思えた。だけど、二年後に花村一座が来たときの半兵衛さんの様子を聞いてふと思えることがある」

「ほう。お松の考えを聞かせてくれ」

鉄五郎が、座り直して松千代の正面を見据えた。

「当初半兵衛さんは、お里さんに逢いに来たのではなく、お芝居そのものを観に来たのではないかしら？」

「うん、それで……？」

「その芝居、なんて言ったっけ？」

「上武坂の子別れか？」

「そう。その芝居の筋に、半兵衛さんは何かを感じたのよ……きっと」

「なるほどな。だけど、それだけでもってお里さんと世帯を持つこともないだろうに」

　鉄五郎のつっ込みに、松千代も答がなく「うーん」と唸り、考え込んだ。

「だが、これは大事なところだ。ちょっと待ってな、お松」

　鉄五郎は、何を思い出したか立ち上がる。そして、すぐに戻ってきた。手に一冊の戯作本を抱えている。

「これって……」

「ああ、そうだ。葛籠の中にあった戯作本だ。『算盤侍雪夜の変事』って題だが、何かひっかかるんだよな」

「この本の中に、何かが隠されているとでも？」

「まあ、読んでみても損はねえだろ。そいつはともかくとして、以前は一座の名は『花村市乃丞一座』だったらしいな。市乃丞ってのは、先代の座長であったか」

「この二年の間に、何かがあって座長が入れ替わったのね」

「それで、白塗りの貫太郎さんが跡をついだってことか。そのあたりの事情を知りたいが、座員はみんなどこかに行っちまった」

「おまえさん、半兵衛さんが南野座を取り壊したのは、座員をみんな追い払うためじゃなかったのかね」

「おお、お松。いいところに気づいたな。そう思うと、辻褄《つじつま》が合ってくる」

「お梅ちゃんが、その辺の事情に詳しいんじゃないかしら？」

「だが、記憶をみんななくしている。とにかく、この戯作本を読んでみることにしよう。何かが分かるかもしれない」

言いながら鉄五郎は、初めの丁を開いた。

「――坂上竜之進という侍が、ご用部屋で算盤を弾《はじ》いていた」

この一行は、以前に読んだ。そのつづきから、鉄五郎は読み出す。

「竜之進は算盤を弾く手を止め、大きな欠伸《あくび》をした。疲れたと言って、肩を揉み解《ほぐ》す……」

そのときも、先を読もうとしたところで睡魔が襲ってきた。

「なんだか、つまらねえ本だな」

読むうちに、鉄五郎のほうに大欠伸が出た。それでも、この本に何か手がかりが隠されていると、鉄五郎は眠気を押さえて読んだ。だが、本を読む習慣がないというのは悲しいことだ。頭の中が朦朧《もうろう》として、筋が入ってこない。

「何が書いてあるんだい？」

松千代は、粋《いき》と気風《きっぷ》で鳴らしてきた女である。丁半博奕の出目が読めるのと、花カルタの手本が引ければ生きるに不自由がない。そして、新内三味線の太夫の調子に合わせて弾ければ充分である。なので、文字は仮名と簡単な漢字しか読めない。

「なんだか、小難しくてな。どこかの藩の勘定方がどうたらこうたらって」

「藩て、どこの藩……？」

「ちょっと待て……ああ、ここに書いてある。高前藩《たかまえ》ってあるな」

「高前藩ですって？　そんな藩、聞いたことがないわ」

「おれも聞いたことがねえ。この国に、そんな藩があるのか？」

「それはいいけど、そこの勘定方がどうしたってのよ？」

松千代が問うも、鉄五郎の頭の中に筋が入っていない。

「なんだか、悪い家臣がカネを使い込んだっていうようなことが書いてある」

「それだけかい？」

「今まで、読んだところではそんなところだ」

鉄五郎の読みは遅く、まだ序盤から少し行ったところだ。全体の十分の一にも達していない。

「こんなことしてたら、日が暮れちまうね。もっと、さくさくと読めないものかね」

松千代の詰《なじ》りに、鉄五郎は首をすぼめた。

「どうもおれは、昔から本てのが苦手でな。これからのやくざは、少しは読み書きができなくちゃいけねえとある親分から言われ、字を読むことは読めるんだが……」

「だったら、誰かに読んでもらったら」

「ばかやろ、そんなみっともねえことが他人《ひと》に言えるか」

「ならば、あとで一晩かけてゆっくり読むんだね」

ここのところ、松千代の口調が女房らしくなってきている。少し前までは、弟子としての敬いが交じっていたが、今はすっかりと抜けている。鉄五郎としては、そのほうが心地よいとも思っている。ようやく、夫婦になったんだと。

「それよりも、座員のみなさんがどこに行ったか、捜したほうがいいんじゃないかい？」

座長を含めて、花村貫太郎一座は十人で成り立っていた。そのうちの二人は、不遇の目に遭っている。花形がいない一座では、興行が立たないのか、一座は解散した形となっている。

「捜すといっても、どこをどう捜してよいのか」

全員がバラバラになったか、まとまっているのかすら分からない。国分半兵衛が事情を知っているのだろうが、伝馬町の牢屋敷の、それも一番奥の牢屋とあっては会うことすらできない。

「ここは一つ、萬店屋の総力を結集するところじゃないの？」

「おれもそう思っていたところだ。そんなんでまずは、讀賣屋の甚八さんに話しかけてみる」

松千代の提言に押されもして、鉄五郎は戯作本を畳に置いて立ち上がった。


半刻後、讀賣三善屋の西洋の間で鉄五郎と甚八は向かい合っていた。

「そうかい。南野座の事件は、みんな一つにまとまっていたってことか」

鉄五郎の語りを聞いて、甚八はチェアの背もたれに体を預け、腕を組んだ。

「それで鉄さんの考えでは、国分半兵衛は、好き好んでお里さんと一緒になったのではないと……」

「それは多少あるだろうけど、別の目論見《もくろみ》のほうが強かったのでしょうな」

「別の目論見とは？」

「花村貫太郎一座の芝居に何かが。ところで、甚さんは高前藩て知ってますかい？」

「いや、聞いたことがねえ。それが、どうしたんで？」

鉄五郎は、風呂敷に包んでもってきた戯作本を取り出した。

「算盤侍雪夜の変事……これが何か？」

表紙だけを読んで、甚八の顔が鉄五郎に向いた。

「座長の花村貫太郎が持っていた本で。その中に、高前藩てあるんだが、そんな藩の名お松も聞いたことがないと」

鉄五郎が語る間に、甚八はざっと目を通している。

「戯作本では、架空の名を出して綴るのが当たり前ですからな。しかも、大名家の話なら、ことさら本当の名を出してはまずい。そんなんで、適当な名をこしらえたんで。しかし、のっけの一行目からして駄本だな、これは。まるで、素人《しろうと》が書いたみてぇだ。それで、鉄さんはこれをどこで手に入れたんで？」

「壊された南野座の楽屋に……」

とり残されていた葛籠の件を語った。

「それで、これをみんな読んだので？」

「いや。文章が下手《へた》すぎて、読んでいてすぐに眠くなっちまい……」

鉄五郎は、自分の教養のなさを文章のせいにした。

「新内流しの唄を作るのはうまいが、本を読むのは苦手《にがて》ってことですな」

「別に、苦手ってことはないが……」

「いや、鉄さんは読むよりも書くほうに才能がある。世の中にはいるんですよ、そういうお人が」

「煽《おだ》てられてんだか、貶《けな》されてんだか分からねえな」

「煽てでもなく貶しでもなく、褒《ほ》めているんですぜ」

「そんなのはどっちでもいいけど、おれはこれから萬店屋の総力を挙げて、この事件に関わってみようかと思ってる」

「ほう、それはまたなんで……？」

鉄五郎の言い出しに、甚八の首がいく分伸びた。俺にも一つ乗せろという、意思表示にも見受けられ、鉄五郎が小さくうなずいた。

「おれの一言で、坊主の父親が捕まっちまった」

「だが、その男が下手人だったと、調べがついたのではないので？」

「いや、何かひっかかるものがあって。首が獄門台に載る前に、なんとかこっちで調べたいんだ」

「調べるって、どうやって？」

「それを相談しに、おれは今甚さんと向かい合ってる。まずやらなきゃいけないのは、どうやったら座員を全員見つけ出すかってことだ」

「真相を知るには、それが一番早いってことか」

「梅若太夫のお梅ちゃんが正気なら、すべてを聞き出せるんだろうが、なんせ記憶が……そうだ、お梅ちゃんを本家に連れていくのだった。今、なんどきで？」

「昼八ツ近くになると思うが……」

「玄沢先生の医療所で、清吉さんと待ち合う手はずだった。こうしちゃいられねえ」

鉄五郎は、慌てるようにチエアから立ち上がった。

「話が半端になってる。だったら、俺も行くぜ」

「そうしてもらったら、ありがたい」

こうして鉄五郎と甚八は、玄沢の医療所へと向かった。

七

医療所の前に、人だかりができている。

それを遠目で見て、鉄五郎と甚八は足を急か《せ》せた。近づいてみて、人だかりのわけが知れた。

「ずいぶんと立派な、弔《とむら》い馬車だな」

「医者の前に直《じか》に横付けするとは、縁起悪いったらねえ」

「誰か、この医療所で死んだのですかね？」

「やぶ医者だって聞いたことがあるからな」

野次馬たちの、そんな語り声が聞こえてきた。

人垣の向こうに、二頭の馬で牽《ひ》かれる馬車が見える。黒塗りの寝台車には金箔で蓮《はす》の絵が施された、かなり高貴な人を黄泉《よみ》の世に送り出す乗り物である。

鉄五郎は、弔い馬車を見て、大番頭多左衛門の言葉を思い出した。「――ちょっと辛気臭《しんきくさ》いですけど、これでしたらゆったりと安全に運ぶことができます」と言っていた。

「……これだったのかい」

なるほどと思うも、玄沢の医療所としては迷惑だろう。そう思ったところで、甚八が話しかけてきた。

「これで、梅若太夫を萬店屋の本家に運ぼうってので？」

甚八の、四角い顔が歪んでいる。笑い出したいのを、ぐっと堪えているかのようだ。

「これだったら、梅若太夫をゆっくりと安全に運べるぜ。さすが大番頭多左衛門さんの考えることは違う」

甚八が、感心しきりといったところで清吉が近づいてきた。

「統帥、お梅さんを乗せましたので……」

鉄五郎が来るまでもなく、お梅はすでに萬店屋本家に運ばれようとしていた。

「玄沢先生には、なんと言ったんで？」

「鉄五郎さんから頼まれ、お梅さんを連れていくと。そうしたら、あんな縁起でもないもの、早く医療所の前からどかしてくれと。なんの疑いもなく、引き渡してくれました。お梅さんは、今あの中で静かに眠ってます」

「死んだんじゃないだろうね？」

「ご冗談を……あの馬車の乗り心地を体験したら、もう他の物には乗れません。先代の統帥の埋葬のときに使っただけですので、普段は空《あ》いてますから、必要とあらばいつでも出すことはできます」

「そうかい。今度、試してみるか」

「そうなさったらいかがかと」

「甚さんも、乗ってみますかい？」

「いや、俺は遠慮しとく」

手を振りながら、甚八は拒んだ。そして、厳《おごそ》かに馬車が動き出す。そのうしろに鉄五郎と甚八、そして清吉たち奉公人がつくと、まるで野辺の送りの行列である。

萬店屋本家の正門が開かれ、弔い馬車が入っていく。

寝台車の観音開きの扉が開けられ、六人の手でお梅が寝ている担架《たんか》が静かに下ろされた。お梅の寝顔は、死んだように穏やかである。微《かす》かに聞こえる寝息が、鉄五郎を安心させた。

「そのまま、お里さんがいる部屋の隣に寝かせてやってくれないか」

鉄五郎が、清吉に指示を出した。

「かしこまりました」

お里には、お梅のことは語ってある。玄沢先生からも、子供と遊ばせるのが一番の癒しになるだろうと言われている。この処置が、最良の方法だろうと鉄五郎には思えていた。あわよくば、お梅が記憶を取り戻すことができればとも……。

お梅のことをお里に委《ゆだ》ねてから、鉄五郎と甚八は多左衛門の部屋へと向かった。

医療所からの道々、歩きながら鉄五郎は自分の考えを甚八に語っている。それを多左衛門に語り、同意を取り付けるつもりであった。この策は、どうしても多左衛門の助力を必要とするからだ。

「これはこれは讀賣屋の大旦那様、ご無沙汰をしております」

鉄五郎とは、今朝方会ったばかりである。多左衛門は、甚八に向けて深く頭を下げた。

「こちらこそ、ご無沙汰を」

互いに無沙汰を詫び合い、すぐに話は本題に入る。

「今、お梅ちゃんを連れてきた。それとは別の話なんだが……」

「これからは、手前が関わることですな？」

「ええ。お力添えをお願いしたい」

「統帥、そのお言葉は……」

多左衛門が、大きく左右に首を振る。

「そうだったな。ならば、力を貸してくれ」

「今度は、いかほどご用意すればよろしいので？」

「いや、まだ金の用意はいい。それよりも、萬店屋の旦那衆を全員一堂に集めたいのだが……」

百店以上もある、萬店屋傘下の三善屋全店の大旦那と旦那衆が一堂に集まるのは、年に二度ほどである。正月の祝いと、盆の先代供養が定例と決められている。その他の場合でも、よほど重要な案件があるとき以外集められることはない。直近では、鉄五郎が萬店屋の跡を継いだ披露目《ひろめ》の席であった。

「ほう、それはどうしてでございます？」

旦那衆を緊急に集めるのは、余程の理由《わけ》がなければできないと、多左衛門の顔に書いてある。それでなくても、旦那衆たちは多忙を極めている者ばかりである。そう見て取れる、多左衛門の顔色であった。

「萬店屋の総力を挙げて、人を捜してもらいたい」

「人というのは、もしや花村一座の……ですか？」

「さすが、話が早い。なあ甚さん、さすが萬店屋の大番頭さんですね」

多左衛門の機嫌をつかもうと、鉄五郎は煽《おだ》て口調となった。

「そんな、お世辞はけっこうですから。集めろと、一言で済むことでございましょう。それで、いつ旦那衆に来ていただいたらよろしいので？」

「早くていつになる？」

「そうですなあ。これから触れを回すとなると、早くても明後日の夜になりますな。ただし、用事のある旦那衆もたくさんおられましょう」

「あさってじゃ遅いな」

悠長なことはいってられないと、鉄五郎は首を振った。

「なんとか、あしたにも……」

「集められるだけ集めるで、よろしいんじゃないでしょうかね。それでも、半分は来るでしょうから」

甚八が、口を挟んだ。

「それで、仕方ないか。できるだけ集まってもらうとして、大番頭さん、やってくれるかい？」

「かしこまりました。すぐに、手配をいたしましょう」

拒むことなく、多左衛門はすぐに引き受けてくれた。

「無理を言ってすまない。それで、大番頭さんは、なぜにおれのわがままをすんなり聞き入れてくれたんで？」

「人の命が関わっているとあっては、動かざるを得ません。それが萬店屋の使命だと、初代の統帥がおっしゃっておりました」

もの心ついて以来、ずっと父親の善十郎を恨んで生きてきた鉄五郎であったが、自分が萬店屋の跡をついで父親の偉大さを実感できるようになった。

――おれも生きたや、親父のように。

いつしか座右の銘として、鉄五郎の心の中に刻まれていた。

「それでは、手前は手配がありますので」

多左衛門が先に立ち、慌しく部屋を出ていった。


萬店屋の本家を出る前に、鉄五郎と甚八はお梅の寝る部屋をのぞいてみた。

しばらくは、安静にしておけと医者の玄沢から言われている。襖を隔てた隣の部屋にお里と平吉がいる。

「まだ寝ているようなので、平吉を静かにさせてます」

はしゃげないのがつまらないか、平吉が部屋の隅でふてくされている。

「平吉、お姉ちゃんが起きたら遊んであげな。お手玉なんかが、いいだろう」

「うん。おいら、ねえちゃんとあそぶ」

やはり平吉の言葉遣いは、町人のものである。国分半兵衛とは、血のつながりのなさを、鉄五郎は感じ取っていた。

「鉄五郎は、お父っつぁんに帰ってきてもらいたいか？」

「うん。おっとう、どこにいったんだ？」

もう二度と会えないかもしれない、義理の父子である。刑が決まり、執行されるのは早くて三日、遅くても五日以内とされている。極刑は、将軍への届け出が必要となるので、そのくらいの時がかかる。

鉄五郎は、事件の下手人が国分半兵衛だったとしても、その裏に隠された事情を解き明かしたかった。義理とはいえ、平吉を人殺しの倅とさせたくなかったからだ。

平吉の顔を見ていて、鉄五郎はふと思い出したことがある。

「おい、平吉……」

「なあに、おじちゃん」

平吉の小さな顔が、上を向いた。二尺も高低が違う顔の位置に、鉄五郎は腰を折って顔の高さを合わせた。

「ここにいるおじいちゃんにも、お手玉の数え唄を聞かせてくれないか」

「おじいちゃんて、いったい誰のことだい？」

甚八が、鼻の穴を膨らませて不服を言った。

「うん、いいよ」

二個のお手玉を交互に投げながら、平吉が唄い出す。

〽　ひとつ　ふたつ　みますのごもん

　ゆきのふるよる　よつごくすぎて
　ごにんのさむらい　むりやりに
　なくこともどもみちづれに……

　ここで、平吉の数え唄は止まった。

「このあと、わすれちゃった」

平吉の言い訳は聞こえていない。このとき鉄五郎と甚八は、驚く顔を向き合わせている。

「この唄って……？」

「国分半兵衛が、平吉に教えた唄で」

「ずいぶんと、意味深い唄のようだな」

「まったくで」

鉄五郎は、朝方に平吉の唄を聞いたときは『よつごくすぎて』までであった。

「五人の侍、無理やり何をしたってので？」

「子供を道連れに、何かしたみたいだ」

「そこに何か、含むものがあるようだな、鉄さん」

「ええ」

と返したまま、鉄五郎は考えに耽る。そして、傍《かたわ》らに置いてる風呂敷包みに目を向けた。中には、一冊の戯作本が入っている。平吉が唄った歌詞の中に、雪の降る夜とある。それが、戯作本の題名と被っている。

事件の真髄が、聞こえてくるようである。それだけに、どんどん深みに嵌《は》まっていくような感覚に、鉄五郎はとらわれていた。

第三章　数え唄の怪

一

鉄五郎は、眠気を我慢してでも、今夜中に『算盤侍雪夜の変事』を読むことにした。

「お松、今夜も新内流しはやめだ」

家に戻り、戸口に迎えに出てきた松千代に、鉄五郎は開口一番に伝えた。甚八とは、小川橋を渡ったところで別れている。

「でしたら、これからゆっくりとこれでも……？」

松千代は、酒を呷《あお》る仕草をした。

「いや、きょうは酒は抜きだ。この本を読むんで、余計に眠くなっちまう」

今夜のうちに本を読み、明日その件で甚八と話すことになっている。夜は、萬店屋本家に、傘下の旦那衆が集まる。どれほどの人数が集まるか分からないが、花村貫太郎一座の座員を一人残らず捜し出すのが目的である。江戸中に散らばる、萬店屋の総力をもってすれば容易《たやす》いと踏んでいる。だが、一番懸念されるのは、一座がすでに江戸から去っていることだ。その公算もかなりある。その場合はどうしたらよいかも、考えておかなくてはならない。

「お松、めしができたら呼んでくれ」

これから鉄五郎は、部屋に引きこもって書をひも解く。今まで、こういう形で物事を学ぶという修業をしてきたことはない。燭台に載る百目《ひやくめ》蠟燭《ろうそく》に火を灯し、手元を明るくさせた。

表紙をめくると、黙読で読みはじめた。

『算盤侍雪夜の変事』の、原文の出だしである。

坂上竜之進という侍が　ご用部屋で算盤を弾いていた。
竜之進は算盤を弾く手を止め　大きな欠伸をした
疲れたと言って、肩を揉み解すところに　襖が静かに開いた
振り向くと、殿《との》が立っていた　殿とは高前藩主の風間《かざま》土佐守《とさのかみ》増業《ますなり》です

まだ仕事をしているのか
殿が訊いた。
はい　今やめようしていたところです
竜之進が答えた。
そうか　ご苦労であったな　体をいとえよ
殿が言った。
お言葉　ありがたきしあわせです
竜之進は　畳に手をつき殿に言った　そして竜之進は頭を上げると　殿に向けて言《ごん》上《じょう》する
殿に　申し伝えたき儀がございまする
なんだ
と殿が訊いた
外は木枯らしの吹く　寒い晩であった
鉄五郎はここまでを読んで、首をぐるぐると回しはじめた。まだ、数行も読んでいないうちに、首筋にコリを覚えた。指圧で首をほぐし、つづきを読もうとしたところで、松千代の声が聞こえた。

「ごはんですよー」

「そうだ、朝から何も食ってなかった」

鉄五郎は、にわかに空腹を覚えた。蠟燭《ろうそく》がもったいないと、灯を吹き消して鉄五郎は立ち上がった。

「どんなことが書かれてございました？」

膳を前にすると、さっそく松千代の問いがあった。

「いや、まだ一枚目を読みはじめたばかりだ。そう、急《せ》かすな」

「あれから四半刻も経つのに、まだそれだけ？」

「なかなか難しい書物でな、新内の詞《うた》を作るのとわけが違う」

「新内の詞を作るほうが、はるかに難しいと思うけど」

「まあ、そう言うな。めしを食ったら、また読みはじめるぞ」

鉄五郎は、二膳のめしをかっ込むように摂ると部屋へと戻った。百目蠟燭に火を灯し、再び書物に目を向ける。

満腹になると、眠くなる。蚯蚓《みみず》ののたくったような文字が、さらに睡魔を誘う。鉄五郎は、我慢ができずにその場に横たわった。

どんな様子かと、四半刻ほどして松千代が部屋をのぞきにきた。六尺に近い大男がごろりと寝転び、鼾をかいている。

蠟燭の明かりが煌々《こうこう》と灯っている。

「しょうがない人……」

鉄五郎を無理やり起こすことなく、松千代は厚手の掻巻《かいまき》を掛けそっと部屋から出た。

夜四ツを報せる鐘の音で、鉄五郎は目を覚ました。

「いけねえ、寝ちゃいられなかったんだ」

松千代が消していった百目蠟燭に灯を灯し、書物と向かい合う。

「絶対に、寝るものか」

決意が言葉となって、鉄五郎の口から漏れた。

『算盤侍雪夜の変事』を、鉄五郎が読み終えたのは、外が白々《しらじら》としはじめた明け方であった。

鉄五郎の頭の中に入った物語の要点は、大まか次のようなところである。

主人公の坂上竜之進は、上野《こうずけ》国高前藩の藩士である。身の丈五尺九寸もある大男で、藩の指南役になるほどの剣豪であった。本来ならば、藩主の警護役として徒《かち》組に属すのだろうが、竜之進には剣の道とは別に、人より秀でる特技があった。幼きときより剣術と共に身につけたもので、それは算盤勘定である。『これからの世、剣術で体を鍛え、算盤くらいできなければ武士であっても潰しは利かぬ』と、勘定方組頭であった父親から、ずっと聞かされていた戒《いまし》めである。

算盤の腕と世襲もあって、竜之進は剣術指南役の傍《かたわ》ら、勘定方の下役に身を置いていた。竜之進が十五歳のときに父親は、原因不明の病で他界している。兄弟はいない。実の母親も、竜之進が二十歳になったときに病で亡くなり天涯孤独となった。妻女を娶《めと》り子供を産めば、坂上家も存続できる。家柄そのものはよく、竜之進自身も男気がある上に面相が優れ、仕事もできる申し分のない男であった。その気になれば、嫁などはすぐに見つかる。縁談は、すぐに調《ととの》いを見せた。勘定方の上司である奥村三吾郎《おくむらさんごろう》の娘で、佐代《さよ》という名であった。佐代自身、以前より竜之進に恋焦がれていたせいもあり話は早い。とんとん拍子で縁談は調い、二人は結ばれた。だが、運命の悪戯《いたずら》はその後竜之進に試練を強いることになる。

このあたりから、鉄五郎の読みは速くなった。

「……なかなかおもしろくなってきたぞ」

睡魔は引っ込み、鉄五郎は読み耽《ふけ》る。

竜之進は二十一で佐代と一緒になり、それから四年ほどが経った、木枯らしの吹く寒い晩。同僚はみな帰宅しておらず、御用部屋には竜之進一人が居残って仕事をしていた。帳簿をめくっていた竜之進は、不自然な数字の羅列に目を凝らした。算盤を弾いて、竜之進は数字を読んだ。それは、年貢の取立ての記帳であった。その年の米高およそ二万二千俵、金銭においてはおよそ二千五百両となっている。財政が破綻寸前であるにしては、かなりの収益である。実際の金蔵にある資産と勘定が合わない。やれやれと、自分の肩を揉んでいるところに、御用部屋に藩主増業が入ってきた。

ここが、物語の冒頭である。

竜之進はそれを上司を通さず、直《じか》に藩主に言上したのであった。ときの高前藩主は十一代目の風間土佐守増業である。端《はな》は上司であり舅《しゅうと》でもある奥村三吾郎に問い質《ただ》すつもりであった。水増しされた帳簿に、増業は竜之進に実際の収高を割り出せと命じた。調査をすると、その半分の収益しかない。増業の怒りは、家臣たちに向けられる。それがために、竜之進の身辺はにわかに雲行きが怪しくなった。

竜之進が不正を調べるに当たり、他にも腑に落ちない数字を見つけ出した。参勤交代にかかる費用の詳細であった。上野高前から江戸までの出府は、おおよそ四泊五日である。往復にして宿場には八泊する。竜之進が不思議に感じたのは、家臣の宿泊費と、宿場ごとに雇う人馬の経費であった。一昨年の出府の際より、五百両ほど多くかかっている。財政逼迫《ひっぱく》の折にもかかわらず、かなりの出費である。この件を三吾郎に問うと、逆に烈火のごとき怒りを買った。それは城代家老が絡む、横領金の捻出であった。不正には、三吾郎が絡んでいたのである。それからというもの竜之進は命を狙われることになった。

雪の降る、ある日の宵のこと。仕事で帰宅が遅くなった竜之進は、家の異変に気づく。刺客《しかく》が押し入り、妻の佐代と三歳になる息子が殺されていたのである。

その後竜之進は、妻子を殺害した刺客を捜し出し、四人討ち取り意趣を返すと出奔《しゅっぽん》した。そして、いずこへともなく消えた。高前藩は、竜之進を捕らえるべく追っ手を放った。

『算盤侍雪夜の変事』の、第一巻はここで終わっている。

鉄五郎は、読み終えるとその場で横になった。眠いどころか、むしろ頭が冴えている。横になったのは、考えに耽《ふけ》るためであった。

「この物語だと、坂上竜之進は国分半兵衛ってことになる」

天井の節穴を見やりながら、鉄五郎が独りごちる。平吉が唄う数え唄の中に、それが読める。だが、その先が、さっぱりと分からない。実際にあった事なのか、まったくの架空の話なのかまでは判別できるものではない。

「……それを、これから探れってことか」

その糸口としては、有益な戯作本であった。

「第一巻で終わってるってことは、第二巻があるのか？」

作者は春空一風とある。

「このつづきが、読みたい」

戯作本を探すには、讀賣屋がうってつけである。鉄五郎は、朝めしを摂ったらすぐに讀賣三善屋に向かうことにした。

二

半刻後、鉄五郎は讀賣屋の西洋間で大旦那甚八に、算盤侍雪夜の変事の粗筋を語った。

「ざっと、こんな筋立てなんだが、甚さんはどう思いますかね？」

第一巻の終わりまでを語って、鉄五郎が問うた。

「物語の舞台が上州となってるが、上野に高前藩てのはないし、風間家という大名もない。だが、実際にあった話を元にして書いたってのはよくある。これは戯作本だから、本当の名を隠すのが当たり前だ。その類《たぐい》の本とみていいだろうな」

「やはり、そうですかい」

「だけど、第一巻は妙に中途半端な終わり方だな」

「中途半端っていうと……？」

「高前藩は、竜之進を捕らえるべく追っ手を放ったで終わっているが、その後どうなったかまでを書くのが普通だ。まあ、見つかったのか見つからなかったかぐらいの結末まではな。もっとも、素人《しろうと》が書いた駄作とあれば、そんなもんだろうが」

「甚さんは、これを素人が書いたっていうので？」

「ざっと丁を一、二枚読めばそのくらいは判断がつく」

「さすが、讀賣屋の大旦那だ」

「いや、煽《おだ》てはいいけど、それだけに意味深いものがあるともいえる」

「意味深いとは……？」

「本職の戯作者なら、おもしろおかしくするのにいろいろと言葉を飾り立てたり、大げさに出来事を粉飾させて書くもんだ。だがこれは、淡々と、あるがままを見てきたかのように綴られている。おそらく、不正として出てきた金の額なんかも、みなありのままを書いたのだろうな」

「甚さんは、やはりこの話は本当と見るので？」

「その公算が、大だろうな」

「だったら、こいつをとことんつき詰めてみるとしますかい」

「ええ。おもしろいと思いますぜ」

甚八の、四角い顔が緩みをもった。興が乗った表情と、鉄五郎は取っている。

「ちょっと、待ってくださいよ」

にわかに甚八は立ち上がると、西洋の間から出ていった。そして、若い衆を一人連れてくる。甚八のうしろに立っているのは、新しく入った与助であった。与助とは、鉄五郎も先日会って知っている。

「この与助は、けっこう戯作のことに詳しくてな……」

「ならば与助、この戯作本を知ってるか？」

鉄五郎が、与助の前に本を差し出した。

「いえ、初めて見ます。春空一風という作者にも、覚えがありませんね」

第一巻を知らないのに、二巻目を知るわけがない。鉄五郎は、そこを問うことはなかった。

ちょっとよろしいですかと言って、与助が本をめくる。そして、すぐに閉じた。

「まったくと言っていいほど、素人が書いたものでございます。でも、きちんと丁が綴じられ、刷り本になっている」

言いながら与助は、本の奥付けを開けた。

「ほう、やはりこれは……」

「どうかしたか、与助？」

「大旦那さま、ここに『西宝堂《さいほうどう》』ってありますね。この本を出した版元《はんもと》です」

「西宝堂……聞いたことがあるな」

「素人の本を、専門に出していた版元です。お金さえ出せば、誰でも本を作ってくれるところです。おそらく、この本もその類のものと。ならば、これと同じ本は、世の中に少なくても十冊はあるはずです」

「なぜに、十冊ってのが分かるので？」

「最少でも、十冊単位で本にするからです。作った人は、たいてい知人か親戚に配って作家気分を味わうのでしょうな」

鉄五郎の問いに、与助はうなずきながら答えた。

「この本を作るとしたら、いくらくらいかかるので？」

「この束《つか》の帳合《ちょうあい》でしたら、十冊で三十両ってところでしょうな」

「そんなに、するのか！」

三十両と聞いて、驚いたのは甚八であった。

「ちょっと与助に訊きたいが、今しがた、出していたって言ったよな」

「ええ、言いました。今は西宝堂は、潰れてなくなったと聞いてます」

鉄五郎の言葉の中身を読んで、与助が返した。与助にも、機転のよさを感じる鉄五郎であった。

「もう、西宝堂はないのか」

鉄五郎の渋面《じゅうめん》に、与助が答える。

「そこに勤めていた人なら、手前は知ってますが……かなり年上ですけど」

「それで、与助。その知り合いというのにすぐ会えるか？」

「ええ。手前の呑み仲間ですから」

「そいつはありがたいな。今夜にでも……」

鉄五郎の言葉は、途中で止まった。今夜は、三善屋の旦那衆が集まることになっている。

「いや、すぐに会えるかな？」

まだ、朝四ツにもなっていない。

「又三郎《またさぶろう》っていうのですが、それがどこに住んでいるのか……申しわけ、ございません」

「馬鹿やろうだな、まったく。そのくれえ、聞いておけってのだ」

癇癪《かんしゃく》を起こしたように、甚八は強い口調で与助を詰《なじ》った。

「まあ、仕方のないことで。大旦那に叱られ、与助が泣きそうですぜ」

「そうだ、鉄五郎さん。これから西宝堂があった場所に行きませんか？」

「おう、行ってみるか」

人ってのは、穏やかに話せばそれなりの答が返ってくるものだ。

鉄五郎は、与助に案内をさせて、西宝堂があった神田小柳町《こやなぎちょう》へと向かった。

大伝馬町からは八町あまりと、さほど遠くない。

「ここに西宝堂があったのですが、五年ほど前に潰《つぶ》れ……」

改築がされて、今は漢方薬を扱う薬屋として大戸が開いている。

「となると、算盤侍雪夜の変事は少なくも、刷ってから五年は経っているってことか？」

「そういうことに、なりますでしょうな」

三十両もの大金を叩《はた》いて作られた戯作本。五年以上も前に、いったい誰が書いたのか。春空一風は筆名であろうから、実の名が知りたい。鉄五郎は、その名を国分半兵衛と重ね合わせていた。西宝堂にいた又三郎に訊ねれば、すぐにその答合わせができると踏んでいる。

「西宝堂は、なぜに潰れたのだ？」

「主人の放漫経営と聞いてますが、本当のところは別にあるようで」

「別にとは……？」

「以前、又三郎さんに訊いたことがあるのですが、口を濁してるようでした。そんなんで、別に事情があるだろうなってのは手前が思っていることでして」

「なるほど、与助の勘働きってところか。こいつは、ぜひとも又三郎とやらから、話を聞かなくてはならねえな」

与助が鉄五郎を、元西宝堂のあった場所に連れてきたのは、まさしくそのためにであった。

「一町先に『さくら堂』って、看板があるでしょ。又三郎は、そこの娘といっとき恋仲になってました。もしかしたら、居どころが知れるかもしれません」

すぐに行こうと、鉄五郎は逸《はや》る気持ちが先に立って歩き出した。それを追うように、与助がついてくる。

さくら堂の店先には、筆や硯《すずり》が置いてある。又三郎はそれらを買いに、頻繁に出入りしていたのであろう。そこで、さくら堂の娘を見初《みそ》めた。そんな筋書きが、鉄五郎の頭の中で浮かんだ。

——場合によっちゃ、新内の詞で使えるかもな。

男女の色恋は、新内流しの絶好のネタとなる。そのへんも、鉄五郎は抜かりない。

「ごめんなさいな」

与助の通す声に、店先に顔を見せたのは十二歳にもなろうかといった小僧であった。

「いらっしゃいませ。何をお求めでございましょうか？」

商人の小僧らしく、こまっしゃくれた口調であった。

「すまんけど、物を買いに来たのでなくて……」

「そんなら、なんで？」

小僧の口が尖《と》がり、不満を顔に表した。こういう子は、むしろ商人に向いていると鉄五郎は思えた。そして、この手の子供は使い手があると。

「ちょっと訊きたいのだが……」

鉄五郎は懐《ふところ》から巾着袋《きんちゃくぶくろ》を取り出すと、中から四文銭を二枚取り出した。都合八文は、小遣い銭のない小僧にとって大金である。小僧は、懐深く銭を納めた。

「なんなりと、お訊きください」

小僧の口調が、商人のものへと戻った。儲けというものに敏感であるのは、商人の基本である。

「ここに、お国《くに》さんという娘さんがいるかい？」

この先は、与助が小僧と応対をする。

「だったら、呼んできてくれないか」

「はい、いますけど」

「どちらさんで？」

「又三郎の友だちだと言えば、分かると思う」

「もしや、又三郎さんてお国さんのこれですか？」

小僧は、生意気にも親指をつき立てた。

「よく、そんなことを知ってるな」

「はい。お国さんから『あたしのこれよ』って、以前教わりましたから」

ずいぶんと、さばけた娘と鉄五郎は取った。

「ちょっと、待ってください」

と言い残し、小僧は店の奥へと入っていく。

「あたしに、何か用かしら？」

間もなくして、小僧に連れられ外に出てきたのは、明らかに三十にも届こうかという大年増であった。振袖を着ているところに、まだ娘であることを強調している。だが、生娘《きむすめ》でないことは誰にでも分かる。行かず後家と呼ばれる類《たぐい》の女であった。

「あら、背が高くて様子のいいお兄さん……」

鉄五郎に、お国の虚ろな目が向いている。

「あのう、西宝堂にいた又三郎さんて、どこにいるかご存じで？」

お国と鉄五郎の間に立って、与助が訊いた。

「ああ、又三郎……あんなオヤジ、もうどこに住んでるかなんて忘れたわ」

三月《みつき》ほど前に、喧嘩別れをしたという。その後は、縁が切れて一度も会っていないと、お国は言葉を添えた。

「又三郎に、なんの用なの？」

「ちょっと、西宝堂のことで訊きたいことがありまして」

「そうなの。ところで西宝堂のご主人、五年前急に店を閉めてどこに行ったのかしら。あんなに、景気がよかったのに」

「えっ？」

　お国の話に、鉄五郎の首が傾いだ。

「西宝堂は、潰れたのではなかったので？」

　問うたのは、与助であった。

「店を閉めたのだから、潰れたのに変わりないのでしょうけど。でも、ご主人の半兵衛《はんべえ》さんは、ずいぶんと羽振りがよかったですわよ」

　お国の言葉に、鉄五郎の顔が引き攣《つ》るように驚きを見せている。

「あら、どうかなさりました？」

「いや、なんでもない」

　言葉は冷静を装うが、鉄五郎の心の中はいかばかりか。半兵衛という名が、ここでも出てきた。だが、同じ名など世の中にはいくらでもいる。

「もしかしたら、その半兵衛さんて、お侍では……？」

　与助が、気を利かせて訊いた。

「いいえ。刀を持っているところなど、見たことがありません」

やはり、同名の人違いかと鉄五郎は取った。だが、与助が浮かない顔をしている。

「どうかしたかい？」

鉄五郎が、与助に問うた。

「主人の名は半兵衛って今知ったのですが、二十年ほど前に西宝堂に雇われてから手腕を発揮し、潰れかかっていた西宝堂を建て直し、十年前に主《あるじ》の座についたって聞いたことがあります」

与助の話に、昨夜読んだ物語と符合したところがある。

「その半兵衛さんてのは、算盤が得意だったのかな？」

「商いの手腕で大切なのは、算盤勘定ってことでしょうからね」

鉄三郎と与助のやり取りを、お国が怪訝《けげん》そうな顔をして見ている。そして、他人事《ひとごと》のように話しかける。

「ねえ、あたし今暇なの。何か、ご馳走してくれない？」

男漁《あさ》りを生きがいとしている女のようだ。それなりに、この手の女も使い勝手がある。

「ああ、いいよ。だけどその前に、又三郎さんの家を教えてくれてからだ。思い出してくれねえかな」

鉄五郎が、条件を出した。

「いいわよ。案内するから、ついてきて」

都合によって、忘れたり思い出したりするようだ。鉄五郎と与助は、三十年増が着る振袖のあとについた。

「大きいほうのお兄さん、あたしと並んで歩かない？」

「ええ、いいですよ」

与助より、鉄五郎のほうが上背がある。三歩進んで、鉄五郎がお国の横についた。

三

神田錦町《にしきちょう》に出て、大通りを南に向かう。

日本橋から先は、東海道《とうかいどう》に通じる道である。北に向かえば、中山道《なかせんどう》となる。

「どこまで、行くので？」

「すぐそこだから、ついてくれば分かるわよ。それよりお兄さん、なんてお名なの？」

「鉄五郎っていいます」

「お独り？」

「いえ……」

「なあんだ、つまらない。でも、妻子ある男《ひと》って、あたし好き。そうそう、西宝堂のご主人の半兵衛さん、お店にいたときは独り身だったけど、以前は妻子がいたみたいですわよ」

「いやに詳しいですね？」

「あたし、いい男とお金持ちにしか興味がないの。西宝堂の旦那だって、あたしにかかったらいちころよ」

「するてえと？」

「六年ほど前だったかしら、あたし半兵衛さんと添おうかと思って、近づいたことがあるの。そしたら、ものすごい堅物《かたぶつ》なのよね。嚙んでも歯が折れると思って、あたしのほうから見限ったわ」

「それで、又三郎さんと両天秤《りょうてんびん》で……？」

「あたし、そんなに不埒《ふらち》じゃないわよ。又三郎とは、ずっとあと」

「そりゃ、失礼なことを訊きました」

鉄五郎が、素直に詫びた。

「いいのよ」

「それほど羽振りがよかった半兵衛さんは、なんで西宝堂を閉めたんだろうね？」

「それは聞いてないけど、あたしが近寄っていたころ、一所懸命何かを書いていたみたいだわよ」

「何かって、なんだろう？」

「戯作本みたいなもの……おっと、この路地を曲がらなくちゃ」

いつしか道は、今川橋《いまがわばし》の近くまで来ていた。その手前を右に曲がり、永富町《えいふくちょう》という町屋に着いた。

お国が裏長屋へと入っていく。

築年数が古く、ところどころ朽ち果てている建屋が、二棟向かい合って建っている。

「ずいぶんと、汚い長屋」

顔を顰《しか》めながら、お国が言った。

「今ごろは、まだ寝てるかもしれない」

「又三郎さんは、何をやってるお人で？」

「なんだか、書き物をしてようやく息をしているみたい。食えないで、カツカツしてる人ってあたし嫌いなのよね」

お国は、財と面相で男の判断をする女かと思ったがそうではない。

「どんなに貧乏してたって、自分に自信がある男ってあたしは好きよ。でも、又三郎は駄目。いいものが書けないと、いつもうじうじしてる。だから、こんな酷く汚い長屋に住んでいるのよね」

与助が知らなかったことでも、お国はすらすらと教えてくれる。

「そんなに又三郎さんは、駄目な男なので？」

「ええ。会うたびに、愚痴ばっかり垂れて……金がないとか、仕事が進まないとか、本が売れないとか。いつもそんなことを聞いてると、まるで、あたしのせいのような気持ちになってくるのよね。そんなんで、あたしのほうが見限ったのよ」

「お国さんの気持ちは、よく分かる。最低の男だな」

鉄五郎が同調して、大きくうなずきを見せた。

「あら、もの分かりのいいお兄さんだこと。あたし、鉄五郎さんのこと、好きになっちゃいそう」

お国が寄り添うように、鉄五郎と腕を組んだ。

「与助、又三郎さんと会うか」

鉄五郎の顔は、うしろでニヤニヤしている与助に向いた。

「そうですね」

お国は、又三郎とは会いたくないというので、木戸の外で待たすことにした。


六軒長屋の一番奥が、又三郎の住処である。

「ごめんくださいよ。又三郎さんは、おいでで……？」

与助が、腰高の障子戸を叩いて又三郎の名を呼んだ。しかし、中からの返事はない。

「寝てるんですかね」

「ああ、そうかもしれん」

与助が障子戸に手をかけると、すんなりと開いた。中は薄暗く、ぼんやりと人が寝転ぶ姿が見えた。だが、異変を感じたのは鉄五郎だけではなかった。

「又三郎さん……」

雪駄《せった》のまま上がったのは、与助であった。

「死んでる」

呟くような、与助の声音であった。

又三郎は寝ているのではなく、息はしていない。腹を匕首《あいくち》で刺され、畳がどす黒くなった血を吸っている。

「昨夜のようだな」

鉄五郎は、遺体の様子から犯行の刻を読んだ。

部屋の中は、書き物を仕損じた紙が散乱している。お国が言っていた、仕事が進まないといった愚痴が分かるような気がする。

西宝堂がなくなってから、又三郎はもの書きになったようだ。戯作者の部屋らしく、無造作に書物が山積みされている。その一角が、崩れていた。

「これは……」

崩れた書物の山の中から、鉄五郎は一冊の綴じ本を手にした。題名に『算盤侍雪夜の変事』とある。春空一風が出した本の一冊を、又三郎が持っていた。鉄五郎は、まだ目ぼしいものがないかと、周囲を見回した。現場を荒らせず、引っ掻き回すことはできない。すると、山積みとなった本の下に、戯作の元本となる綴りが目に入った。まだ本にする前の、草稿というものである。鉄五郎は、本を崩さないように底のほうにある元本を抜き出した。紐《ひも》で括《くく》られた百枚ほどの束である。そこに、びっしりと文字が書かれている。なんの変哲もなければ、鉄五郎はそのままにしておくつもりだった。

「おい、与助……」

鉄五郎は、元本に目を向けながら与助を呼んだ。

「何か、ありましたか？」

「この題名に、心当たりがある」

鉄五郎が手にしている元本の題名に『上武坂の子育て』とある。

「これが、どうかなさったと？」

「三年前に、南野座で花村貫太郎一座が演じてた芝居の題名だ。そのころは花村市乃丞一座だったけどな」

「なんですって？」

「これを持ち出して、外に出よう。だが、どうするかな？」

百枚の紙の束となると、けっこうな嵩《かさ》と重さがある。手に抱えるほどで、隠し持つにはいささか大きすぎる。

「いいことがあります」

与助は、懐から手拭いを取り出すと、吉原被りに折って頭に載せた。

「こうすれば、作品を取りに来た版元に見えますでしょ。原稿を裸で抱えてたって、不思議でもなんでもないですよ」

「そいつは、いい考えだ。だけど、この遺体の始末をどうする?」

「役人に任せる以外ないでしょ」

「そうするか」

「ならば、いったん外に出ましょう」

与助は、障子戸を開けて、あたりを見回す。人が誰もいないのを確かめ、二人は素早く外へと出た。幸い、隣は空き部屋である。

木戸の外から、お国が見つめている。

「お国さん、又三郎が殺されてる」

鉄五郎はお国に近寄ると、小声で言った。

「なんですって!」

「ここにいては、おれたちは下手人《げしゅにん》にされる。急いで、ここを離れよう」

三人は、押し黙って通りへと出た。誰にも見られていないか、お国が振り向く。

「お国さん、振り向いちゃならねえ。怪しく思われるぞ」

「そうでしたわね。こういう場合は、笑ってなくちゃ」

と言って、お国はわざと作り笑いをした。

「ところで、なんで与助さんは、吉原被りを？」

「疑われないためだ。そんなんで、これから番屋に駆け込む。お国さんは、いっさいこのことを他人に喋らないほうがいい。そうしないと、一番疑われるのは、お国さんだからな」

「なんで、あたしが？」

目を見開き、怯《おび》えを見せてお国が問うた。

「男女の怨恨が、真っ先に疑われるからだ。殺されたのは、昨日の夜と思われる。お国さんはそのとき何をしていたか、証《あかし》が立てられるものがあるか？」

「寝てたから……」

「それは、証にはならない。でも心配するな、おれたちが証になってやるから」

お国の目は、あらぬところを虚ろに見ている。与助が手にする物は、眼中にはないようだ。

「おれたちは、このあと番屋に行く。お国さんは、何もなかったように家に戻ったほうがいい」

「あたし、そうする」

言ったと同時に、お国は一人で歩き出した。

町奉行所の役人を呼んで、鉄五郎はこの事件に関わるかどうか迷った。

「ここでも第一発見者になると、面倒くさいことになる」

これが、理由であった。だが、又三郎が殺された真相も知りたい。

「その探りならば、手前に任せてください。これでも讀賣屋の記事取りですから、どういう始末になったかあとでお聞かせします。鉄五郎さんは、こいつを持って三善屋にいてもらえますか」

『上武坂の子育て』の元本が、与助の手から鉄五郎に渡された。その後与助は番屋に走り、鉄五郎は元本を抱え大伝馬町の讀賣三善屋へと向かった。まだ夕刻には間がある。鉄五郎は、そこで元本を読みながら、与助を待つことにした。

四

吉原被りを取らずに、与助は永富町の番屋へと駆け込んだ。

「桑次郎《くわじろう》長屋で、又三郎って人が殺されている」

はあはあと、荒い息を吐いて与助が番人に訴えた。

「人殺しかい？」

「そうみたいで」

「あんたは？」

「讀賣三善屋の与助といいます。早く、お役人に報せて……」

番屋には、番人が二人以上常駐する。もう一人いる若いほうの番人が駆け足で飛び出していった。

「今、岡引きの親分を呼びにいった。すぐに来るから、待っててくれねえか？」

「ええ」

「それで、与助さんはなんでそこに行ったので？」

「ちょっと、書いてもらってるものがあって、その草稿を取りに来たところでして」

「なるほど……」

番人が返したところで、慌しい足音を発して岡引きが入ってきた。一人、手下を引き連れている。

「殺しだってか？」

「この人が最初に見つけたと……」

番人の紹介に、岡引きの驚く顔が向いている。

「あれ、三善屋の与助じゃねえか」

「ああ、時蔵《ときぞう》親分」

讀賣屋の、顔の広いところである。互いに顔見知りであっても、おかしくはない。

「与助はなんで……？」

番人と同じ説明を、与助は繰り返した。

「虎八《とらはち》は、猿渡の旦那を呼ばってきな。桑次郎長屋で殺しだと言ってな」

「へい、がってんで」

小袖をしりっぱしょりした虎八が、番屋を飛び出していった。


真昼間だというのに、長屋に人影がない。

「この長屋は、もうすぐ取り壊されるんで、空家が多い」

人気《ひとけ》のなさはそのためだったかと、与助はここにきて得心できた。

障子戸を開けて、時蔵から中へと入った。

「足跡が混同しちゃいけねえんで、雪駄をぬいで上がってくれ」

時蔵の言うとおり、与助は雪駄をぬいだ。

「まだ、入ったばかりの足跡があるな」

さすが名うてで轟く岡引きである。時蔵の勘のよさは、与助も知っている。

「おそらくそれは、手前のもので。又三郎さんの様子がおかしいもので、つい土足で……」

「いや、それが二人分あるんだ。与助さんのほかに、誰かいなかったか？」

何があっても、絶対におれの名は出すなと、鉄五郎から言われている。

「いえ、手前一人で……」

冷や汗を掻くも、与助の口調は冷静を装った。

「まあ、そいつはいいや。ところで、殺されたのは昨夜のようだな。血糊《ちのり》を見ると、少なくも半日以上とかなり時が経っているようだ」

房のない十手《じって》でもって、死骸をまさぐりながら時蔵が言った。

「戯作者かい、この人は？　どうりで、本が多いと思った」

「世間の四方山《よもやま》話を、三善屋では綴《つづ》ってもらってました」

その草稿を取りに来たと、与助は言った。時蔵が、文机の上にある書きかけの作品を目にしている。

「又三郎さんは、いったい何を書いていたんだ？」

文机の原稿を、時蔵が読んでいる。

「なになに……そのときおよねは黒兵衛《くろべえ》の股間にたぎる一物を……なんでえ、春本じゃねえか」

言いながら時蔵が振り向くと、その目は与助に向いている。

「こんなものを、取りに来たってのかい？」

「いえ、それじゃなく……」

「ほかに、讀賣に載せるような寄稿文はねえぞ。みな、顔が赤らむものばっかりだ」

つまらないことに勘が働くと、与助が思ったところであった。ガラリと障子戸が開いて、黒紋付を小袖に纏《まと》った同心が入ってきた。後ろに下引きの虎八を従えている。

「殺しだってか？」

「……猿渡の旦那か」

呟いたのは、与助であった。顔を見知る、顔の長い北町奉行所の定町廻り同心である。雪駄をぬがず、猿渡はそのまま上がってきた。ここが時蔵とは違うところだと、与助には思えた。

「ご苦労さんで……」

話しかけたのは、時蔵である。

「どうでえ、仏さんの様子は？」

「殺しは、昨夜の晩のようで」

「物盗りか？」

「こんな汚え長屋に、物盗りで押し込む輩《やから》なんていねえでしょう」

「そりゃそうだな。ってことは……」

「何かを探しに来たんじゃないでしょうかね？」

「何かって、なんだ？」

「たとえば、この山と積まれた書き物の中に、何かそんなものがあったかと……」

「それにしちゃ、荒らされてねえな」

「おそらく、すぐに見つかったものと」

時蔵と猿渡の話を聞いていて、与助の勘が働く。

――又三郎の殺しは、南野座の事件と結びつく。

鉄五郎が持っていった元本が、絡んでいるものと与助は結論づけた。

「あれおめえ、讀賣三善屋の、与助じゃねえか？」

ようやく猿渡の目が、与助に向いた。

「どうも、旦那……」

「この与助さんが、最初の発見者だったようで。又三郎に頼んでいた、草稿を取りに来たところ、こんなことになってたと」

時蔵が、与助の代わりに言った。

「最初にこの場を目にして、何か気づいたことはなかったかい？」

「いえ、慌てて外に飛び出し、番屋へと駆け込みましたんで」

猿渡の問いに、与助はさも慌てたような顔をして答えた。その後、いくつかおざなりの質問をされ、与助は澱《よど》みなく答えた。

「そうかい。だったら、もう帰っていいぜ」

猿渡はたいした聞き込みもせず、与助を追い出すように言った。本気で、下手人を捜し出す気があるのかどうか分からない。

「いや、もう少しいさせてくださいな。読賣の記事取りなんですから」

これで帰ったら、あとの様子が分からない。これでも、与助は現場でねばるつもりであった。

「ここにいられたら、邪魔なんだよ」

言ったのは、時蔵であった。その目は、早く帰ったほうがいいと語っている。もう一人いたのは誰かとつっ込まれたら、与助に答の用意がない。

「これを、記事にしていいので？」

「ああ、かまわねえよ」

猿渡の返事を聞いて、与助はその場をあとにした。

そのころ、讀賣三善屋の西洋間で、鉄五郎は『上武坂の子別れ』を読んでいた。読み進めるうちに、鉄五郎の顔はどんどんこわばっていく。物語の内容が『算盤侍雪夜の変事』の第二巻を連想させるものだったからだ。だが、第一巻と異なるのは、文章の出来がまったく異なっている。子供と大人ほどの違いが、そこに現れている。

坂上竜之進が出奔し、国を去るとき上武坂という場所を通る。国境《くにざかい》の峠であった。眼下に平野が広がり、そこが高前の町並である。竜之進は両の手を合わせ、ここで初めて我が子と永遠の別れを意識した。第二巻の題名は、ここからきている。

竜之進は、高前藩の不正を暴こうとするも、逆に藩から追われることになった。竜之進は、上州《じょうしゅう》から下野《しもつけ》へと向かう山中で、蝮《まむし》に足首を噛まれてしまう。自ら応急処置を施し、例幣使《れいへいし》街道に出たところで意識が朦朧《もうろう》となった。そこで竜之進は、旅芸人一座と出会い助けられる。一命を取り止め、そのときから竜之進は刀を捨てた。旅芸人一座の座員となって、全国を転々とする。そして竜之進は、追っ手から逃れるために顔を白く塗り、素顔を隠すことにしたのである。

ここまで読んで、鉄五郎は首を捻った。実際とは、話が違っている。

「……これだと座長の花村貫太郎が、坂上竜之進になるな」

呟きが、鉄五郎の口から漏れた。すると、国分半兵衛は坂上竜之進ではなくなる。いったいどういうことだと、鉄五郎の頭の中はこんがらがった。

そんな幻怪を抱きながら、さらに読みつづける。

物語では、旅役者一座の名は『河本長三郎《かわもとちょうざぶろう》一座』としてある。竜之進は姓も名も、武士まで捨てて、役者となって生きることになる。芸名を『千重蔵《ちえぞう》』と変えた。演技はうまくなかったが、白塗りで通す滑稽さが受けたか一座で一番の人気役者となっていった。だが、千重蔵としては人々から注目を集めたくない。千重蔵の事情を知っている座長の河本長三郎は、化粧を落とせとはけして口にしない。それよりも、その個性を大切にしろと諭《さと》す。

座長の河本長三郎には、娘がいた。いつしか千重蔵は娘とねんごろになり、夫婦となった。そして一女をもうけ、お春《はる》と名づけた。

全国各地を転々として興行をつづける話が、しばらくつづく。そのあたりは、だらだらとした展開でおもしろくなく読んだ。

そして十年ほどが経ったころのこと。河本一座が、上州高前で幟《のぼり》を揚げることになった。一月間《ひとつき》の、高前観音院勧進興行である。千重蔵の心に、針の筵《むしろ》に座らされるほどの恐怖が宿った。

五

鉄五郎は、先を読もうと思ったものの、物語はここで途切れている。

「この先が、読みてえなあ」

しかし、裏返してみても、その先の話は綴られていない。百枚の草紙束ではこのくらいしか書けないのかと、鉄五郎は残念ながらも納得せざるを得ない。

「……となると、別につづきがあるはずだ」

鉄五郎の一縷《いちる》の望みは、与助がそれを見つけて持ってくることだ。そんなことを思い抱いているところに、本人の与助が戻ってきた。手ぶらであるのに、鉄五郎は渋面を作った。

「どうかなさりましたか？」

鉄五郎が不機嫌そうなのを、与助は一歩引き気味に問うた。

「土産《みやげ》はないのかい？」

「土産って……？」

「いや、なんでもない。そこに、座りな」

テブルを挟んで、鉄五郎と与助が向かい合う。

「それで、その後どうだった？」

「時蔵っていう岡引きと現場に戻りまして。そしたら、猿渡って同心が……」

「猿渡が来たんかい。だったら、下手人は捕まりそうもないな」

「手前もなんとなく、そう思います。ですが、時蔵親分てのがけっこう遣り手でして……」

「時蔵って、三十歳前後の体ががっちりとした男か？」

鉄五郎の顔が渋みから、緩みに変化を見せた。

「ええ、よくご存じで」

「昔からおれとは馴染みの親分だ。もっともあっちは捕まえるほうで、おれは逃げるほうだったけどな。気風《きっぷ》のいい、男だぜ」

鉄五郎が無頼であったころ、時蔵とは立場が違ったが、どこか意気投合するところがあり、互いの気風を認め合っていた。

「さすが時蔵親分、現場でもって二人の足跡に気づきましたぜ。手前に、誰と来たって訊かれましたが惚《とぼ》けておきました」

「そうかい。やはり、目敏《めざと》いところを突くな。それで、それ以上は突っ込まれなかったか？」

「ええ。時蔵親分とは仕事柄よく知ってましして……そんなんで目こぼしをしてくれたみたいでして」

「そうだったかい。時蔵親分だったら、都合がいいかもしれねえな」

「どういうことで……？」

与助の問いに、鉄五郎は読み終わった綴りを差し出した。

「これを読んだぜ」

「読み終えましたので？」

「ああ。だが、途中で終わってた。その先が肝心だってのに、いいところで話は途切れている」

「ということは、つづきがあるってので？」

「まだまだ、長くつづきそうだ。場合によっちゃ第三巻、四巻ってあるんじゃないかな。だが、ちょっとおかしなところがある」

「おかしなところって言いますと……？」

「一巻と二巻じゃ、書いた作者が違うんじゃないかと。まったく文章の出来が違ってるんだ。まるで、大人と子供ほどの差がある。そのくらい、素人のおれにだって分かる」

「ちょっと、読ませてもらいます」

言って与助は、目の前に置かれた草書を読みはじめた。

「ええ。おっしゃるとおり、出だしだけ読んでもまるっきり違いますね」

「そうだろ」

「ところで、中身はどんなことが書かれてました？」

「与助は、どれくらい時をかければ第一巻とこれを読むことができる？」

「そうですねえ。第一巻のあの束と、これくらいでしたら半刻もあれば……」

「そんなに速く読めるものか。おれなんぞ、一晩以上かかったぞ」

「それは、仕事が違いますから」

第一巻の『算盤侍雪夜の変事』は、甚八に預けてある。今出かけているというので、与助が甚八の部屋に取りに行った。

昼八ツが過ぎたばかりで、夕刻にはまだ間がある。半刻ならば与助が読み終わるまで、待とうということになった。

与助の、丁をめくるのが速い。この調子なら、半刻かからずに読み終えると鉄五郎は頭の中を空にして待った。出されたテイとクツキを頰張り、空腹の足しにした。

四半刻もかからず、第一巻を読み終わり、何も口にすることなく『上武坂の子別れ』に取りかかった。あんなに速く読んで、物語が頭に入っているのかと鉄五郎も心配するくらいだ。その第二巻も、鉄五郎が欠伸《あくび》をする暇に読み終えたようだ。両方で、半刻もかかっていない。

「お待たせしました」

丁を閉じ、与助の顔が鉄五郎に向いた。

「全部読めたのか？」

「細かくまで読めはしませんが、要点はつかめました」

「何か、感じたかい？」

「これは、まるっきり別の人が書いた物と思われます。第一巻は、事実を淡々と。そして、第二巻はかなり話を飾ってますね」

「いったい、どういうことだい？」

「それは、あとで考えるとして……そうだ、先ほど鉄五郎さんが言った土産って、このつづきのことですかい？」

「ああ、そのとおりだ。又三郎さんの部屋にあると思うんだが、これから探しに行くか？」

「ですが今ごろはまだ、役人たちがいると思われますが」

「だから、行くんで。時蔵親分が、うまくいてくれりゃいいんだが」

鉄五郎の頭の中に、ある考えがまとまっていた。

「でしたら、すぐに……」

鉄五郎に合わせて、与助も立ち上がる。そこにノックもなく、西洋の間の襖が開いた。

「鉄さん、戻っていたので？」

入ってきたのは、甚八であった。

「西宝堂にいた又三郎さんが、殺されちまって」

甚八の顔を見るなり、鉄五郎が言った。

「なんですって！」

驚く甚八に、付き合っている暇はない。

「これからまた出かけますんで。そうだ、与助は残って甚さんに事《こと》の経緯を語っておいてくれないか。現場には、おれ一人で行く」

「分かりました」

「ちょっと待ってくれ、鉄さん」

鉄五郎が出ていこうとするのを、甚八が止めた。

「今夜のことなんだが……」

「そうだった。それを聞いておかなくては。それで、どうなりました？」

「萬店屋に行って聞いたんだが、今のところ八割方の旦那衆が来てくれるそうで。集まりは、暮六ツってことになってる」

まだ充分に時がある。鉄五郎は、急ぎ足で又三郎殺しの現場へと向かった。


鉄五郎が桑次郎長屋に着くと、さすがに騒然としている。

長屋の住人たちが不安そうな顔をして、又三郎の家の中をのぞいている。まだ、役人たちはいるようだ。野次馬の人垣が割れ、又三郎の遺骸が運び出される。戸板に載せられた遺体にはすっぽりと筵茣蓙《むしろござ》が被《かぶ》せられ、その姿は隠されている。うしろに検証役の与力と、鉄五郎も顔見知りの同心猿渡がついている。鉄五郎は、顔を合わせると面倒だと、もの陰に隠れてやり過ごす。現場検証が済んだか、それからすぐに、ぞろぞろと六尺の寄棒《よりぼう》をもった小者役人が出てきた。

一番最後に出てきたのは、岡引きの時蔵とその子分の虎八であった。長屋の住人たちに、何か聞き込んでいるようだが、みな首を横に振っている。

「誰も、昨夜の様子は知らねえのか？」

時蔵の、声高の声が鉄五郎の耳に届いた。住民はみな、一様にうなずく仕草をしている。やがて、住人たちは自分の住まいに戻ると、周囲は静かになった。

時蔵と虎八が、木戸に向かってくる。鉄五郎は、その出入り口あたりに立った。

「時蔵親分……」

と、鉄五郎が小さく声をかけた。

「おや、おめえは？」

「ご無沙汰してやす」

鉄五郎が、無頼の言葉で話しかける。

「なんで、鉄五郎がこんなところにいるい？」

「又三郎さん殺しのことで……」

「なんだと。なんで、鉄五郎がそのことを？」

「それで、親分さんに話が。ちょっと、ひまをいただけねえですかい？」

「虎八、界隈を探ってきてくれねえか？」

「へい、がってんで」

手下の名は虎八といった。まだ二十歳前後で、鉄五郎は面識がない。虎八が、駆け出すように長屋から出ていった。

「下引きを替えたので？」

「ああ、半年ほどになる。そんなことより、話のほうが先だ」

「こんなところでは……あん中で、話をしませんか」

鉄五郎が、又三郎の家の戸口を指差した。

「もう検視は済んだからかまわねえけど。もしやおめえ……讀賣屋と一緒にいたってのか？」

「さすが、時蔵親分だ。あっしが見込んだことはある」

「見込んだっておめえ、ずいぶんと偉そうなもの言いじゃねえか」

「こいつは、申しわけありやせん。まあ、事情《わけ》はあとで。さあ、誰かに見られちゃまずい。早く、入りましょうぜ」

又三郎の家に入ると、鉄五郎は唖然とする。畳の上がきれいに片づけられていたからだ。どす黒く、血を吸った跡はあるが。

「書物や書きかけの物は、みんな押収した。その中に、事件の手がかりがあるかもしれねえとな」

その中にあろうと思われる物を探しに来たのだが、これでは徒労に終わりそうだ。時蔵ならば事情を話し、味方につけようと思っていたのだが。

「どうしたい、鳩が豆鉄砲を食らったような面《つら》して？　そうか、部屋の中が片づいているのに驚いたんだな。鉄五郎が、第一発見者だってことか。足跡が二人分あったのは、そういうことかい」

ここまできたら、鉄五郎も引き下がるわけにはいかない。時蔵も、それは同じであろう。

「親分は、先だってあった両国広小路の南野座の事件を知ってますかい？」

「ああ、もちろん知ってる。あれに俺は関わってねえけどな。下手人は捕まって、もうすぐ獄門になるそうじゃねえか」

「もうすぐって、刑の執行はいつごろになるんで？」

鉄五郎が、眼光鋭くして訊いた。

「三、四日のうちだと聞いたが……そんな、おっかねえ顔してどうした？」

「おれは、昔から時蔵親分のことをよく知ってる。だから、見込んで話すんですが……」

「おや、また見込んでって言いやがったな」

鉄五郎は、まず時蔵の心を解くことにした。そこから語らないと、話は進まないと思ったからだ。

「実はあっしは今……」

「ああ、知ってる。無頼から足を洗って、新内流しになったんだってな。あの乱暴者の鉄五郎が真っ当になったと聞いて、俺も喜んでたぜ」

時蔵が、柔軟な顔を見せた。

「新内を流す傍ら、あっしには別の食い扶持がありまして。親分は、萬店屋って知ってやすかい？」

「萬店屋ってのは、あの萬店屋か？　江戸でも一番ていう、豪商が集まり……」

「へえ。実はおれ、そこの統帥に納まってますんで」

「そうかい、いいじゃねえか。新内流しだけじゃ食っていけねえってんで、萬店屋に奉公したってんだな」

ここまでは、時蔵の顔は穏やかだ。だが、次の鉄五郎の言葉で一気に顔が引きつりを見せる。

「いや、奉公人じゃなくて、統帥……萬店屋の跡を継いだってことで」

「なんだと……跡取りってのはおめえ……」

「萬店屋を創業した善十郎の、五番目の子供でして、それでこの年の二月から……」

鉄五郎の話に驚いているのか呆けているのか、時蔵が言葉もなく考えている。そして、おもむろに顔が向いた。表情は真顔に戻ったが、この男も強面《こわもて》で鳴らす男である。

「するてえと、これまでいくつか大仕掛けでもって幕府の要職につく悪党たちを陥《おとしい》れたってのは……」

「ええ、あっしが仕掛けたものでして」

「そういうことだったか」

にわかには信じられないと、時蔵は首をうな垂れ左右に振るったが、すぐにその顔を上に向けた。

「鉄五郎さん。今度の事件でも、関わりがあるってんですね？」

時蔵の、鉄五郎に対しての言葉遣いも見る表情も変わった。

「時蔵親分。あっしに向けては、これまでと変わらない態度でいてくれませんか。実は、このことは猿渡の旦那には内緒なんで」

同心の猿渡より、時蔵のほうをあてにしているという、鉄五郎の含んだ言い方であった。

「分かってますぜ。外には、あっしの口からは絶対に漏らしません」

「はっきり言いますが、この事件は町奉行所の手に負えるもんではないと思ってます」

「と言いやすと？」

「とある大名家の、公金横領事件が絡んでいるようで」

鉄五郎の言葉は、普段のものへと戻った。年上の、時蔵を敬う言葉遣いである。

「又三郎殺しがですかい？」

「ええ……」

「詳しく、話しちゃもらえませんかね？　およばずながら、あっしも力になりますぜ」

「だったら、ありがたい。それでうまく事件が解決したら、時蔵親分の手柄にすればいいですぜ」

鉄五郎は、四半刻ほどかけて、時蔵にこれまでのあらましを語った。話が、南野座の事件からなので、それだけの時が必要だった。

「へえ、驚きやしたねえ。その戯作本から西宝堂に話が結びつき、そして又三郎の殺しに至ったってことで」

「ええ、そういうことですわ。だから、ここにあった書物や又三郎の書きかけの中に、手がかりがあると。そいつは今、どこにあるので？」

「現場検証で来た、与力笹本《ささもと》様の屋敷に運ばれたものと」

「屋敷ってのは、八丁堀《はっちょうぼり》の……？」

「ええ、そこで調べると言って運んでいきやしたが」

「調べたからといって、おそらく何も分からんでしょうよ。そうした場合、どうなさるんで？」

「捨てるか、燃やすかするんでしょうな。ずるいお方なら、古本屋に売って小遣い稼ぎにするんでしょうけど。まあ、笹本様は固いお方だから」

燃やされる前に、笹本の屋敷から持ち出したい。その手はずを、鉄五郎は考えていた。

――時蔵親分なら、よい答が導き出せるかもしれない。

「そん中に、どうしても探したい物があるんだが、どうしたらいいですかね？」

「どんなものか分からなけりゃ……」

「だったら、ついて来てもらえますかい？」

鉄五郎は、時蔵にも本を読ますことにした。

「どこに行こうってので？」

「伝馬町の讀賣三善屋まで……」

鉄五郎と時蔵が、長屋から通りに出ようとしたところで、同心の猿渡が路地へと入ってきた。

「あれ、おめえ鉄五郎じゃねえか。どうして、こんなところにいるい？」

疑わしげな、猿渡の目顔が向いている。あちこちの事件現場で顔を合わせていれば、疑われるのは無理もない。だが、鉄五郎はこの猿渡だけには素性を明かしたくはなかった。

うまい言い訳がなければ、面倒くさいことになる。鉄五郎は、最良の言葉を模索したが、すぐに思い浮かぶものはない。

「ちょっと、鉄五郎に訊きてえことがある」

そのとき、夕七ツを報せる鐘が鳴りはじめた。暮れ六ツまでに、浜町まで戻らなくてはならない。

「ここじゃなんだ、一緒に番屋に来てくれねえか」

朱房の垂れた十手を翳《かざ》して言うので、これは強制であると見える。逆らえば、無理やり連行となるのは鉄五郎も承知している。

「猿渡の旦那、鉄五郎さんは……」

時蔵が、鉄五郎の肩を持つようにするも猿渡の長い顔は渋面を作っている。

「おめえは黙ってろ！」

猿渡の一喝《いっかつ》が、時蔵に放たれた。時蔵が、それ以上口に出さないのは、猿渡に遠慮したからではない。鉄五郎の首が、微《かす》かに振られたからだ。讀賣三善屋に奔《はし》ってくれとの、鉄五郎の合図であった。

六

永富町の番屋の奥で、猿渡と鉄五郎が向かい合っている。

「なあ、鉄五郎。おめえはいってえ何者なんで？」

鉄五郎は、誰からもそう訊かれる。同じ問いに辟易《へきえき》しているところだ。だが、猿渡の問いには答に注意を注がなくてはならない。

「何者なんでって、一介の新内流しでござんすよ」

「そいつは、知ってら。だが、どうもおめえには、別な顔があるような気がしてならねえ」

「そりゃ手前は、昔はやくざの貸元《かしもと》に世話になってた無頼でしたから」

「いや、そんなんじゃねえ。事件のあるところあるところで、出くわすんでな。これを不思議と思わねえ奴が、どこにいるってんだ？」

「それは、手前だっておかしいと思ってますよ。猿渡の旦那と面を合わすのは、いつも事件の現場ですからね。ですが、それがどうしたってんです？」

「どうも俺は、鉄五郎が事件に絡んでると思えてならねえんだ」

「すると、旦那はおれが下手人とでも……？」

「いや、そんなことは思っちゃいねえ。だが、そう思える節もある」

「どこに、このおれが下手人と思えるんです？」

「なんてったって、以前のおめえは札付きの悪だったからな」

「そりゃ、昔の話でしょうが。今は新内でもって……」

「今はな。だが、三つ子の魂百までって格言もある。いつ無頼の血が沸き立つかもしれねえ」

鉄五郎の話を遮るように、猿渡は口を出した。

こんな問答を繰り返していては、今夜の集会に遅れる。忙中の旦那衆に無理を言って集めるだけに、いかなる理由があっても鉄五郎は行かなくてはならない。でなければ、萬店屋の統帥としての権威は失墜する。こういうこと一つでもって信頼を失い、人はついてこなくなることを、鉄五郎は肌でもってよく知っている。

「……弱っちまったな」

番屋から抜け出す良案が浮かばない。萬店屋の統帥と名乗れば早いのだろうが、なぜか猿渡だけには隠していたい。とくに理由などないのだが、そこが鉄五郎の勘というものである。だが、いざとなったら仕方ないと、考えを改めるところであった。

「おう、虎八か。ちょうどいいところに来た」

時蔵の手下の虎八が、番屋の中へと入ってきた。

「へい旦那、何かご用で？」

「この大男を縛って、これから伝馬町の牢屋敷にしょっ引いていく。どうやら又三郎殺しの疑いがあるんでな、そこでもって吟味だ」

「おれは、人なんぞ殺しちゃねえですよ、旦那」

こういう展開になるとは、鉄五郎も思っていない。だが、伝馬町と聞いて、思いっくことがあった。それからは、抗《あらが》うことをやめた。

「うるせえ。言いてえことがあったら、牢屋で聞いてやる。おい虎八、ぐずぐずしねえで、早縄を打ちやがれ」

「へい……」

虎八は、懐に収めてある細縄を取り出し、鉄五郎を縛りはじめた。猿渡はひと段落ついたと、煙草《たばこ》を燻《くゆ》らしている。その隙を見て、鉄五郎は虎八に小声で話しかける。

「大伝馬町の讀賣三善屋に、時蔵親分がいる」

「鉄五郎さんが、下手人でないのは分かってやす」

この下引き、時蔵の下についているだけあって若いが機転が利く。細かなことを語らなくても、事情は察しているようだ。

「速足で歩くんで、縄を持ってついてきてくれ」

「へい」

縄を打たれた鉄五郎は、虎八を引っ張るように番屋の外へと出た。

「おい、どこに行こうってんだ?」

煙管《きせる》に二服目の煙草を詰めていた猿渡が、慌てて立ち上がり追ってきた。

「牢屋敷でしょうに。さっさと行きやしょうぜ、旦那」

「あっ、そうだったな」

振り向く鉄五郎の鋭利な睨眼が、同心猿渡のど肝を射抜いたようだ。

うしろ手に縄を取られるも、鉄五郎が速足で先に行く。今川橋を渡り、日本橋本石《ほんごく》町《ちょう》界隈はかなり人の往来が多いところだ。道行く人々の視線が向くも、そんなことに鉄五郎はおかまいない。

「おや、あれは統帥……？」

人ごみの中に、三善屋の旦那衆がいても不思議ではない。日本橋界隈は、萬店屋傘下の『三善屋』の支店が多くある。これから萬店屋の本家に向かおうとしていたところらしい。両替商の旦那が、捕り縄で縛られた鉄五郎を追いかけ、脇に立った。

「統帥……」

声をかけられ鉄五郎は、旦那の顔を見るなり大きく頭を振った。「黙ってあっちに行っててくれ」と、顔面でもって意思を表す。両替商の旦那は、言われたとおり黙って離れた。だが、何があったと不安は拭えない顔をしている。そして旦那は、慌てた様子で歩きはじめた。

永福町の番屋から伝馬町の牢屋敷までは、十町ほどの距離である。速足ならば、四半刻の半分ほどで着く。真っ直ぐ行けば牢屋敷、右に曲がれば讀賣三善屋の前に出る。鉄五郎は、ためらうことなく辻を右に曲がった。縄を取る虎八も、黙ってあとをついた。

「おい。おめえら、どこに行く？」

猿渡も、慌てた様子で追ってくる。鉄五郎と虎八は、振り向くことなくさらに足を速めた。

「そっちじゃねえ、待ちやがれ！」

猿渡の怒号が飛んできたところで、鉄五郎は立ち止まった。讀賣屋の前に着いたからだ。

「おや、鉄さま。どうなされたんですか、その恰好？」

たまたま外から戻ってきたお香代が出くわし、不思議そうな顔をして訊いた。

「お香代か。人殺しの罪で捕まっちまった。これから牢屋敷でもって、吟味だってよ」

「人殺しって……？」

お香代は、事情を知らない。

「おめえ、お香代じゃねえか」

猿渡が、顔見知りのお香代に声をかけた。

「ああ、猿渡の旦那。この鉄五郎さん、何かしなすったので？」

「人を殺《あや》めた罪で、牢屋敷にしょっ引こうとしたんだが……」

「旦那、このお方は……」

お香代が語ろうとするのを、鉄五郎は首を振って止めた。その仕草で、お香代は察する。

「新内流しをする傍ら、それだけじゃ食えないってので、讀賣の記事取りを手伝ってもらってるのですよ。おそらく、殺しの現場にふらふらと出向いて……だから、独りで現場に踏み込むんじゃないと言ってるでしょ」

お香代が、怒り顔を鉄五郎に向けた。

「すいません」

「まったくどんくさいったらありゃしない。だから、こんな目に遭うのよ」

お香代の言いたい放題に、鉄五郎はムカッとするも、縄を解くためには仕方ない。

「なんでえ、そうだったら早く言えばいいじゃねえか。余計な手間をかけさせやがって。おい虎八、縄を解いてやれ」

ようやく鉄五郎は放免となった。

暮六ツまでには、あと四半刻もない。時蔵と、話している暇はない。

「お香代。時蔵親分が、ここに来ているはずだ。与助と一緒におれの家にいてくれと伝えてくれ。お香代もできれば頼む」

「すると、時蔵親分には……？」

「ああ、おれのことは話してある」

事情がつかめぬお香代だが、鉄五郎の言うことをそのまま伝えることはできる。

暮六ツに、萬店屋に旦那衆を集めているのはお香代も知っている。

「まだ、間に合います。お急ぎになって……大旦那さんは、もう出かけたと思います」

「それじゃ、頼む」

鉄五郎とお香代のやり取りを、虎八は呆然とした顔で見やっている。


鉄五郎が萬店屋本家の門前に立ったとき、ちょうど暮六ツを報せる早打ちが聞こえてきた。三つの早鐘は、時を報せるために打つものである。本撞きが一つ目を打ったと同時に、鉄五郎は玄関の遣戸《やりど》を開けた。

間に合ったと、鉄五郎は安堵する。

三和土に、旦那衆が履いてきた草履《ぞうり》がきれいに並べられてある。

「百人ほどの旦那衆が集まっておられます」

清吉が、玄関でもって鉄五郎を迎えた。

このとき大広間では、旦那衆のざわめきで騒然としていた。

「――統帥が捕まって、連れていかれた」

日本橋本石町で鉄五郎を見かけた両替商の旦那が、一足先に本家に着いて、すでに噂を撒き散らしていた。

「いったい、どうなってるんだ?」

喧々囂々《けんけんごうごう》と、騒ぎが沸き立っていたところである。

「おれは、なんともなってないですぜ」

言いながら鉄五郎が、ガラリと音を立てて大広間の襖を開けた。

百人の旦那衆の目が、一斉に鉄五郎に向いた。

「ご心配をおかけしたようで、申しわけありませんでした」

鉄五郎は、丁重に頭を下げた。

「それと、遅くなって……」

「いや、そんなことより、ご無事で何よりだ」

どうやら、萬店屋統帥としての権威は保たれたようだ。暮れ六ツの鐘の本撞きが、三つ目を鳴らしたところであった。

「すでに、みなさんにはあらましを話してあります」

萬店屋の大番頭多左衛門が、鉄五郎の脇に座って言った。

「忙しいところ、ご足労いただいてすいません。人の命がかかってますので、ここで萬店屋の力を結集したいと……」

「統帥。あなたの気持ちはここにいるみんな分かってますから、遠慮することなぞありません。こうしろああしろと、命じてくだされよろしいことなのです」

旦那衆を代表して言ったのは、廻船問屋三善屋の大旦那作二郎《さくじろう》であった。

「それで、今度はどんな大仕掛けをやるんです？」

浮き浮きとした口調で言ったのは、廻船問屋花川戸支店の旦那一郎太《いちろうた》であった。

「まだ、そこまではまったく。その前に、どうしても頼みたいことがある。みなさんは、南野座の事件を知ってますよね」

旦那衆全員が、うなずく姿は壮観だ。鉄五郎の口調も、さらに滑《なめ》らかになる。

「この事件が、思わぬところに発展して……それはよろしいのですが、みなさんには行方知れずとなった花村貫太郎一座の座員を捜してもらいたいので。それも、遅くてあさっての昼ごろまで……こんなこと、御番所には任せられないもので」

「全員ですかい？」

「できれば。おそらく、八人が一塊《ひとかたまり》になってると思うけど。しかし、江戸から出ていたら、ちょっと厄介《やっかい》かもしれません」

「捜し出したらどうなさるんで？」

座のあちこちから、問いが飛んでくる。

「ここに真っ先に報せてもらいたい。それだけで、よろしいです。あとは、こっちでなんとかしますから」

「もしも、遠くにいた場合は？」

「どこにいても駆けつけますんで、とにかく捜してきてください」

質疑応答は、半刻ほどで終わった。別の大広間に、せっかく集まったのだからと酒宴が用意してある。だが、そこで酒を呑む旦那衆はいない。食事だけで腹を満たし、それぞれの店へと戻っていった。酒を遠慮したのは、すぐに動かなくてはならないと旦那衆全員が感じたからだ。ありがたいものだと、鉄五郎は改めて思った。

鉄五郎は夕食を済ませたあと、讀賣屋の甚八と浜町堀向いの家へと戻った。

七

岡引きの時蔵がいるのに、甚八が驚いている。

「親分は、どうしてここに？」

「おれが呼んだんで」

甚八の問いに、鉄五郎が答えた。

「おれのことは、時蔵親分に話してあります。これから、助《すけ》てもらわなくてはならないので。親分とは、かなり前から……まあ、そんなことはどうでもいいけど」

さっそく本題に入ろうと、鉄五郎は話の矛先《ほこさき》を変えた。

「それで親分、本を読んでもらえましたか？」

「ええ。第一巻が南野座に残されていて、又三郎のところにあったのが第二巻の原文。それも、途中まで。その先が読みたいって気持ちが分かりやしたぜ」

「そこで親分に頼みたいのは、なんてったっけ与力の旦那……」

「笹本様で」

「おそらくそこに、物語のつづきがあるはずだ。なんとか、探して持ち出すことはできないですかね？」

鉄五郎は、眼窩に有無を言わせぬ威圧を込めて言った。だが、一介の岡引き風情では、与力の屋敷に上がり込むだけでも難儀である。日焼けした端正な顔の眉間に皺を寄せて時蔵が考えている。

「……笹本様とは、あんまり話をしたことがねえからな」

時蔵は呟くも、できないとは口にしない。しばし、首を捻ってから時蔵の顔が鉄五郎に向いた。

「……って算段でいかがですかね？」

時蔵が、思いついた案を語った。

「だったらその役、おれが引き受ける。ああ、ぜひにもおれがやりたい」

「鉄さんが、直《じか》に……？」

話を聞いていた甚八が、怪訝《いぶかし》げな目を向けた。萬店屋の統帥に、そんな危ない役は任せられないと目が語っている。

「危ないからこそ、おれがやるんでさ。他人には任せられないですよ、こんな役。だったら親分、いつやりますかね？」

「ならば、今夜しかねえでしょ。今ごろ笹本様は押収した書物を調べてますぜ」

このときちょうど、宵五ツを報せる鐘の音が聞こえてきた。

「急がなくちゃいけねえな。甚さんや与助とも話がしてえし、お香代にも頼みたいことがある。さて、どうするかな。体が、二つほしいところだ」

「ならば手前どもは、鉄さんが戻るまでここで待ってる。ええ、どんなに遅くなったってかまいはしない」

鉄五郎の言葉に、お香代と与助が大きくうなずきを合わせた。

「だが、町木戸が閉まったら……いや、その前に与力の屋敷から出られないかもしれねえ。その場で斬り殺されても、文句が言えねえことをやるんですから」

「縁起の悪いことは言わないでよ、鉄さま」

不安げな顔の、お香代であった。

「心配することはねえさ、お香代。人ってのはな、いつ死んでもかまわてえって覚悟を決めてかからねえと、本当に死んじまう。だから、何をやるにも真剣でなくちゃいけねえんだ」

鉄五郎は、あえて無頼の口調で言った。やはり、こっちのほうが語りやすいと。

「そしたら親分……」

「行きやしょうかい」

鉄五郎と時蔵が、そろって立ち上がった。二人とも、六尺に届くほどの大柄な体である。

「……まるで、仁王さまみたい」

ほっと安堵したような、お香代の表情となった。

与力笹本の屋敷は、八丁堀組屋敷の中ほどにある。

二百石取りの与力の拝領屋敷は、二百から三百坪ほどの広さである。冠木門《かぶきもん》を前にして、時蔵は鉄五郎に早縄を打とうとした。

「ちょっと待ってくれ、親分」

「何か……？」

「縛る前に、面が腫れるほど思いっきりおれをぶん殴ってくれ」

「なんでそんなことを？」

そこまでは考えていなかった時蔵は、首を傾げながら訊いた。

「捕まえるのに、争った形跡がねえと、不自然でしょ。まあ、遠慮しねえでいいから、早く殴ってくれ」

鉄五郎は、殴り易いようにと顔を前に差し出す。仕方がないと、時蔵は平手でその顔を張った。

「そんなんじゃ、駄目だ。もっと強く拳《こぶし》でもって……いや、十手で打ち据えてくれたってかまわねえ。いいから、早くしろ」

ためらう時蔵に、鉄五郎は命令口調となった。

「十手は使えねえ。だったら、拳骨《げんこつ》を飛ばしますぜ」

「ああ」

時蔵は、鉄五郎の顔面めがけて鉄拳をぶちかました。

「もう一ちょう、やってくれ」

左右の面をぶん殴ると、鉄五郎の口から血が滴り落ちた。

「ああ、痛え」

「大丈夫ですかい。歯は、折れてませんで？」

「ああ、このぐれえなんともねえ」

まだそれだけでは収まらない。鉄五郎は小袖の袖を引っ張り、肩口から破いた。そして、地面に寝転ぶと二、三転した。

「親分も、寝転んでくれ」

髷《まげ》を乱れさせ、着物を泥だらけにして二人は争った形を作った。

「これでいいでしょ。さあ、縛ってくれ」

鉄五郎を早縄で縛った時蔵は、閂《かんぬき》がしてあり開かない門扉を、素手《すで》でもって激しく叩いた。すると間もなく、音が届いたか脇にある潜戸《くぐりど》がいく分開いた。警戒をしているか、声だけが聞こえる。

「どちらさまで？」

小者らしき男の問いに、時蔵が答える。

「こちらに侵入しようとした賊を捕らえましたので、笹本様にお目通りを。あっしは、目明しの時蔵といいやす。名を伝えていただければ、お分かりになるかと」

「少々、お待ちくだされ」

間もなくして中に通され、与力笹本が玄関先に出てきた。

玄関の三和土に鉄五郎は座らされ、ぐったりとしている。それを与力の笹本が式台に立って見下ろしている。その痛々しさに、笹本の顔が歪みを見せている。

「こちら様に忍び入る賊を、とっ捕まえました」

時蔵が、拝礼をして笹本に告げた。

「おお、よく捕まえてくれたの。それでこのほう、何を盗みに入ろうとした？」

「きょう、笹本様が持ち込んだ物を盗みに入ろうとしたようです」

「持ち込んだ物とは……又三郎のところから押収した書物か？」

「へえ、左様で……」

「この者は、なぜにそんな物を？」

「おい、なんでだ？　おめえから、直《じか》に与力様に話せ」

時蔵が、怒鳴り口調を、鉄五郎に向けた。

「夜も遅いのに、そんなに大声をあげるな。家の者がみな起きるでの」

「いや、申しわけございません」

時蔵が、大きく腰を折って詫びた。

四十歳半ばであるが、その柔和なもの言いに鉄五郎はうな垂れていた頭をおもむろに上げた。

「又三郎が持っていた本の中に、下手人の手がかりが綴ってあるのがありまして……」

「今わしは、それを調べているところだった。だが、ちっとも見当がつかんでの。おまえがそれを見たら、分かるのか？」

「はい。おそらく……」

「おまえは、それを盗もうとこの屋敷に……？」

「盗むつもりはありませんでした。与力様に話をと思い門を叩きましたがどなたも出ず、仕方なく塀をよじ登ろうとしたところで親分に見つかり……」

「もうよい。ならば、上がってその本とやらを探してくれ。時蔵、縄を解いてあげなさい」

鉄五郎になんの疑いも抱くことはなかった。

「へい」

時蔵が縄を解き、二人は押収された書物のある部屋へと案内された。

ここまではうまくいったと、鉄五郎が目配せをする。逃げられてはならないと、時蔵は鉄五郎に張り付いた。それを、笹本は離れたところから見ている。これでもないあれでもないと、山積みの本を鉄五郎は片っ端から探す。だが、目当ての草稿は見当たらない。代わりに本となって綴じられた『上武坂の子別れ』と『成金侍　浮世の果』という題名が書かれた二編が出てきた。

「……これだ」

鉄五郎が呟く声は、時蔵にだけ聞こえる。あとは、これをどう持ち帰るかである。

「ありました」

鉄五郎は、山積みの中から一冊を取り出し笹本に見せた。ざっと目を通した限り、一連の事件とはまったく関わりのないことが書かれてある。

「この中に、又三郎殺しの糸口になることが書かれていると思われます」

鉄五郎が差し出した本の題名には『殺人指南書』と書かれてある。

「こんなくだらない本が、世の中に出回っているのか？」

と言いながら、笹本は表紙を開き読みはじめた。その隙に鉄五郎と時蔵は、懐の中に二冊の本を隠し入れた。

「それではあっしはこれで……この者は、番屋でよく調べますので連れていきます」

「ああ……」

時蔵にはまったく関心を見せず、笹本は本を読み耽っている。まともに読めば、夜通しかかりそうな本の厚さである。

「それでは、ごめんなすって」

「ああ……ご苦労」

鉄五郎と時蔵が立ち上がっても、笹本は目を向けようともしない。

「……殺しは、誰も見てないところでやるべし。当たり前なことしか書いてないな。どこに、又三郎殺しの糸口が書いてあるのだ？」

与力笹本が、小さく声を出して読んでいる最中に、鉄五郎と時蔵はすでに屋敷の外へと出ていた。

「うまくいきましたね」

鉄五郎が、時蔵に話しかけた。

「思いっきりぶん殴って、すいやせん。痛かったでしょうに」

「いや、もうなんともねえ。それにしても、親分の拳固は効くな」

鉄五郎の口は裂け、頬も腫れている。

「だが、考えてみりゃ、これまで生きてきて、これほど殴られたのは初めてだ」

「鉄五郎さんは、滅法喧嘩が強かったですからね」

昔を知る、時蔵の言葉が返った。

第四章　白塗り男の正体

一

夜四ツは過ぎていたが、御用の筋なら町木戸は通れる。

時蔵が十手を翳して、無事に高砂町の家に戻ることができた。

「どうなさったんですか、その恰好」

戸口に出迎えた松千代が、鉄五郎の乱れた姿に驚きの目を凝らした。

「おかげで、うまくいった。まだ、みんないるかい？」

「ええ、待ってておいでで。遅いと、心配なされてますわ」

「そうかい。だったら親分、上がってくださいな」

待たせてすまなかったと詫びながら、鉄五郎は障子戸を開けた。

「あれ、どうしたんでその姿……」

「いや、ちょっとな。おかげで、こいつを見つけることができた」

鉄五郎と時蔵が、それぞれの懐の中から一冊ずつを抜き取った。『上武坂の子別れ』は、本となって出ていた。そしてもう一冊の『成金侍　浮世の果』は、第三巻らしくその中に『命取らぬでおくべきか』という、副題もついている。いずれも、作者の名は春空一風となっている。

「これを読めば、おおよその真相はつかめるでしょうよ」

花村貫太郎一座の演目の題名と、鉄五郎は言葉を添えた。

それからというもの、夜を徹して本を回し読む。そして、空が白々《しらじら》としてきたところで、全員が本を読み終えた。

松千代が早起きをして、朝餉の仕度に取りかかっている。トントントンと俎板《まないた》を叩く音が聞こえてきた。そのとき、誰の頭も傾《かし》いだままとなっている。

「なんとも、分からねえところだらけだな」

甚八が、ポツリとした口調で言った。

「あたしも、この本を読ませていただきました。だけど……」

お香代が、第一巻と百枚綴りを前に置いて言う。

「第一巻の『算盤《そろばん》侍雪夜の変事』は、かなり真実味がありますが、こちらの上武坂の子別れのほうは、かなり事実を曲げて書かれていると思われます。戯作といえばそれまでで、半分は作り事に読めます。明らかに作者が違い、春空一風は二人いるものと」

「さすが、お香代だ。だが、一連の事件と関連しているのは確かだ」

鉄五郎の言葉に、お香代もうなずきを見せる。

「それにしても、坂上竜之進というのは、いったいどっちなんでしょうかね？」

与助が、誰にともなく問うた。

主人公の坂上竜之進は、果たしてどっちなのか？

素浪人となってお里と一緒になった、国分半兵衛なのか？

白塗りで通した、花村貫太郎なのか？

作者の春風一風は、誰なのか？

そして、又三郎殺しは誰の仕業《しわざ》か？

これらの疑問が、ここにいる五人の頭を悩ませている。その答が、本の中に書かれていると思いきや、むしろ頭を混乱させるものとなった。

「第一巻の『算盤侍雪夜の変事』では、竜之進は国分半兵衛ですわね」

「手前も、そう思います」

お香代の意見に、与助が賛同する。

「だが第二、三巻では竜之進は花村貫太郎に取れる」

「あっしも、大旦那のほうを……」

時蔵が、甚八の考えに乗り、どちらを取るかで意見は真っ二つに割れた。どちらともいえないと、考えているのは鉄五郎である。眠くて本を読んでも、ちっとも頭に入っていない。だが、そんなことはおくびにも出せない。

「鉄さんの意見はどうなんで?」

甚八の問いに、鉄五郎は答を出さなくてはいけなくなった。

「竜之進が国分半兵衛なら、花村貫太郎はいったい誰なんだ? ああ、頭がこんがらがる」

鉄五郎は大仰《おおぎょう》に頭を抱え、甚八の問いをいなした。

「もし、竜之進が花村貫太郎だとしたら、答は簡単だな。国分半兵衛は、国元から遣《つか》わされた刺客と取れる。幾年過ぎても、四人も家臣を殺した脱藩者を藩が放っておくわけがないからな」

「それと、藩の重鎮が犯した公金横領の秘密を握ってる。花村貫太郎に変じた坂上竜之進は、いずれにしても殺されなくてはいけない運命だったてことでしょうな」

甚八と時蔵の意見に、お香代が口を挟む。

「でも、竜之進が花村貫太郎だとしたら、なんでわざわざそんな芝居を演じたのでしょうか？　白塗りまでして素顔を隠した竜之進にしては、ちょっと考えられませんが」

「お香代姐さんに同感ですね。それに、いくら藩からの刺客とはいえ、なんで舅《しゅうと》である席亭の喜八郎さんや、娘のお梅ちゃんまで斬らなきゃいけないんです？」

両方の意見も一理あると、鉄五郎は聞いていて思っている。だが、自分の考えはまったくまとまっていない。

「鉄さまは、どうなんです？」

お香代の問いに、鉄五郎は顔を顰《しか》めた。

「ちょっと待ってくれ。頭が朦朧《もうろう》としていてな、殴られたのが相当響いているようだ」

普段は口にしない言い訳を、鉄五郎が返した。

「いや、申しわけなかったです」

時蔵が、腰を大きく折って深く詫びた。

「なんで、親分が謝らなくてはいけないんですか？」

「それは……」

「いろいろ事情《わけ》があってな」

お香代の問いに時蔵が理由を語ろうとするのを、鉄五郎が止めた。そのとき松千代が、部屋へと入ってきた。

「朝ごはんの用意が調いましたけど。切りのよいところで、いかがですか？」

「こんなところであれこれ考えていても仕方ねえ。朝めしでも食って、頭を休めましょうや」

ちょうどよいところで、お松が声をかけてくれた。その瞬間、鉄五郎にふと気づくことがあった。

「そうか……鈍った頭では、こんなことすら考えられんのか」

井戸端で顔を洗い、口を漱《すす》ぐと、そろって朝餉の膳についた。

お香代と与助が手伝い、居間に六脚の銘々膳が運ばれた。六人がそろって、朝餉の食卓につく。

「坂上竜之進が国分半兵衛か花村貫太郎かは、今日か明日には分かりますぜ」

鉄五郎が、沢庵の香々をポリポリと齧《かじ》りながら言った。

「その答は、花村貫太郎一座の座員が知っている」

そのために、旦那衆を一堂に集めたのだ。そして、今捜している最中なのである。

「お梅ちゃんが、思い出してくれたらねえ、何も座員さんたちを捜さなくても……」

松千代が、鉄五郎の話に載せるように言った。

「どうだ、お梅ちゃんの具合は？」

ときどき松千代が、萬店屋に出向いては梅若太夫の容態を看ている。

「いいえ、まったく……」

松千代が、手に持った箸を膳に置き、大きく首を振って答えた。

「そういえば、平吉ちゃん変な唄を唄ってました」

〽　ひとつ　ふたつ　みますのごもん
　ゆきのふるよる　よつごくすぎて
　ごにんのさむらい　むりやりに
　なくこともどもみちづれに……

松千代が、聴いたままを唄った。鉄五郎と甚八が顔を合わせて、渋い顔をしている。

二人そろって、肝心なことを忘れていたからだ。

「お松さん、もう一度唄っていただけないかしら」

そこに、お香代が口を出した。いいわよと言って、松千代が繰り返し唄う。

「みちづれのあとは、忘れちゃったみたい」

松千代の言葉に返すことなく、お香代が考えている。

「どうかしたか、お香代？」

問うたのは、甚八であった。

「大旦那さん、これって……」

「ああ、国分半兵衛が平吉に教えた唄だ」

答えたのは、鉄五郎であった。

「この中に、みますのごもんてありますけど、もしかしたら三枡《みます》の家紋ではないかしら。たしか、上州上武藩鳥山《とりやま》家の家紋が、四角枡を三つ重ねた『三枡』だったと。本にある高前藩とは上武藩のことで、藩主風間家とは鳥山家のことを替えていってるものではございませんか？」

──ここに『ぶはん』と出てきた。

「お香代にも来てもらって、よかった。さすが、当代一の物知りだな」

鉄五郎が、お香代を褒め称えた。

「第一巻の『算盤侍雪夜の変事』が、一万五千石の小藩の中で起きた、家老と勘定奉行たちの公金横領を暴露したもの。やはり、これは本当にあったことなのですね」

「お香代の言うとおりだ。そうなると、坂上竜之進が国分半兵衛である公算が強くなった」

「となると、筆名の春空一風も坂上竜之進てことか」

「西宝堂の主半兵衛も、やはり坂上竜之進ってことですかね」

それぞれが、自分の考えを語った。それは、坂上竜之進が国分半兵衛と決め付けることで一致するものであった。だが、まだまだ分からないことが多くある。

「するてえと、花村貫太郎はいったい誰なんで？　そして、どうして殺されなくちゃならねえ？」

時蔵の問いが、大きな疑問として残る。

「それとだ。平吉の唄には五人の侍とあるが、竜之進が討ち果たしたのは四人となっている。あと一人はどうした？」

鉄五郎の疑問も頭の隅に残っている。

「又三郎さんは、どうやらこの事件に巻き込まれたようで。もしそうだとしたら、無念の極みでしょう」

呑み仲間であった与助が、苦悶の表情で言った。

二

なんとなく、展望が開けてきたような感じがするが真実はまだまだ深い霧の中にある。

これを一気に晴れ渡らす策を、鉄五郎は考えていた。今度はどんな大仕掛けを用いようかと。そのためには、まだまだ証《あかし》になるものが欲しい。とくに知りたいのは、坂上竜之進と花村一座の関わりである。そんなことを考えているところで、お香代の声が聞こえた。

「ところで、国分半兵衛って本当に下手人《げしゅにん》なんですかね？」

「お香代は、違うってのか」

「鉄さまも、本当はそう思ってるのではないですか？」

「なんでそう思う？」

「そうでないと、萬店屋傘下の旦那衆を集めたりなんかしないでしょうから」

これには、甚八が言葉を添える。

「そうだなお香代。鉄さんは、旦那衆の前でこう言ったぞ。『人の命がかかっている』ってな」

「それと、こうも……」

時蔵が、話を加える。

「国分半兵衛の刑が執行されるのはいつだと、いつも気にしてなさった。ということは……」

「半兵衛さんが、下手人ではないってことですよね？」

みんなの話をまとめるとこうなる。

「どうしても、そう思えてならないってことだ。だが、確たる証がない。あと二、三日で、半兵衛さんは打ち首獄門になるんだろ」

鉄五郎の目の周りが黒ずんで隈《くま》ができている。白目も赤く充血し、この数日眠れていない様子がうかがえる。その焦りから昼は動きっぱなしで、夜は夜通しの読書を強《し》いられていた。

「処刑を引き延ばすにはどうしたらいいの、時蔵親分？」

「真の下手人が挙げられれば、それに越したことはねえんだが。それ以外では、難しいなあ。将軍様のうかがいが通れば、すぐに執行されるからな」

お香代の問いに、処置なしとの憂いが時蔵の表情に現れている。

「ということは、将軍様のうかがいが通らなければいいのだな？」

鉄五郎が、片膝を立てて身を乗り出した。

極刑の執行は、町奉行から裁きの書類が老中に手渡され、十一代将軍家斉《いえなり》の決裁を仰ぐことになる。将軍が裁可すれば直ちに老中に戻され、翌日には登城した町奉行の手に裁可が渡り刑の執行となる。

「その順序を、覆《くつがえ》してやればいいんだな」

鉄五郎が、持ってる箸を振るって言った。何やら決意した仕草に取れる。

「覆すって……どうやってです？」

そんなことができるのかと、時蔵の驚く顔が向いた。

「そんなのは、簡単だ。だが、将軍様に書簡が渡ってしまったら、おれにだってどうにもできない。時蔵親分、今どうなっているのか、調べられないですかね？」

「でしたらあっしが、これから伝馬町の牢屋敷に行って探ってきますぜ。半刻ほどで伝馬町の牢屋敷まで駆け足で往復して四半刻、調べでもって四半刻と時蔵は踏んだ。

「頼みましたぜ」

朝めしを半分ほど残し、時蔵は飛び出すように出ていった。

時蔵が戻るまで、話を続けようということになった。

「ところで鉄さん、今しがた覆すって言ったけど、何をやろうってんで？　また大仕掛けでも……」

甚八が、腕を組んで思案に耽っている鉄五郎に問うた。

「時蔵親分が戻ったら、おれはこれから……お松、今いく時分だ？」

「明け六ツを少し過ぎたころかと。時を報せる鐘の音が聞こえませんでした？」

高砂町あたりに聞こえるのは、日本橋石町の鐘か。そこからは、十町以上も離れているので、微《かす》かに聞こえてくるだけだ。考えごとをしていると聞きそびれてしまう。

「……間に合うかな」

鉄五郎の呟《つぶや》きが、甚八の耳に入る。

「間に合うかなって、どちらかに行きなさるんで？」

「ええ。ちょっと、人と会ってきます」

誰だとは、甚八は訊かない。訊いても喋らないことを知っているからだ。ただ、将軍家斉へのうかがい事を覆すことができるほど、相当な人物だ。甚八は、その名をうすうす知っているが、けして口には出さないでいる。

人一人が、まだ真実が明かされぬまま下手人以上の刑が下されようとしている。下手人とは、殺人を犯した犯罪人という意味で使われているが、本来は庶民に対する、死刑の罪状を意味する言葉である。

死罪にも六種の処刑方法があり、罪の重さによって異なってくる。下手人といわれる死刑は一番軽く、首を刎《は》ねるだけで、他に付加刑はつかない。ちなみに、下手人より順に死罪、獄門、磔《はりつけ》、鋸《のこ》引《び》き、火焙《ひあぶ》りと重くなる。武士の場合の死罪は、切腹である。

禄を持たない浪人の身では、刑罰は庶民と同じ扱いがされる。

国分半兵衛にどの処罰で刑が施されるか分からぬが、このまま行けば獄門以上の重刑になることは間違いがない。

――まだ国分半兵衛を死なすわけにはいかない。

そのことだけが、鉄五郎の頭の中で渦巻いていた。

時蔵の言い分では、今日か明日にも町奉行からの裁きが老中に渡り、将軍家斉の裁定が下される。

――となると、明後日《あさって》には……。

あまりにも、余裕がなさ過ぎる。

鉄五郎は、時の引き延ばしを権勢に頼ろうとしていた。

幕府の中で鉄五郎が頼れるのは、老中の大久保忠真《ただざね》である。その忠真も、鉄五郎の素性を知る一人で、萬店屋の財力を頼る幕閣である。大久保忠真の権勢に委ね、その見返りに献上金を供出する。それは相互に利が適《かな》う、持ちつ持たれつの、良好な関わりであった。

鉄五郎は、理不尽に貶められた人のためには金の放出は厭《いと》わないと決めている。それがどれほどかかろうとも、できるだけのことをするのが鉄五郎の性分である。

老中の千代田城登城は、通常昼四ツとされる。大久保忠真家の上屋敷は、芝浜松町《しばはままつちょう》近くにある。老中登城で五十人ほどの隊列が、大名行列のごとく進めば、一里に満たない距離でも一刻近くはかかろう。屋敷を出るのは、朝五ツごろと鉄五郎は踏んだ。登城の途中で、行列を止めるわけにはいかない。忠真と会うとしたら、屋敷門が開いたときしかない。

時蔵の戻りは、遅くても六ツ半ごろ。それから、半刻で大久保家の門前に着けるだろうか。高砂町からは、一里半はゆうにある。歩いて行くには、少々遠い。韋駄天《いだてん》ならば四半刻もあれば充分だろうが、生憎《あいにく》と鉄五郎は健脚でない。

「与助に頼みがあるのだが……」

「なんでしょう？」

「廻船問屋の三善屋に行って、川口橋《かわぐちばし》の桟橋に舟をつけといてくれと言ってもらいたい。江戸湾に沿って、四半刻で芝の浜まで行ってくれと伝えてくれないか」

大川の流れに乗って、江戸湾に出て築地《つきじ》沿いから鉄砲洲《てっぽうず》、そして浜御殿の裏塀を見ながら芝の浜へとつける。海が凪《なぎ》っていれば、四半刻で着けるはずだと鉄五郎は読んだ。

「すぐに行ってきます」

高砂町から一番近い廻船問屋の三善屋は、両国橋を渡った大川の向こう岸、尾上《おのえ》町《ちょう》にある。与助の足なら四半刻もかからずに行ける。時蔵が戻ってくるまでには、浜町堀の大川吐き出しに架かる川口橋の桟橋に舟は停まっているはずだ。

時蔵が出ていってから、半刻が過ぎようとしている。

「遅いな、親分」

そわそわと、鉄五郎は落ち着かない。

「鉄さまは、いったいどこに行こうとしてるの？」

「お香代、それは訊くな」

たしなめたのは、甚八であった。

「どこに行こうが、鉄さんの考えがある。俺たちが踏み入れられないところってのがな」

「だったら、余計に知りたい」

お香代の、記事取り魂が頭を持ち上げる。

「言ってもかまわないぜ、甚さん。おれもこれまで黙ってたけど、むしろ知っておいてもらったほうがいいかもしれない。おれがこれから行こうとしているのはなお香代、老中大久保忠真様の屋敷だ」

「なんですって、ご老中様にお会いにですか？」

「ああ、そうだ。忠真様とおれは、友達《ダチ》のようなもんだ。さすが齢が違うんで、おれ、おまえの仲とはいかねえけどな」

そこに、なん万両の金をつぎ込んでいるとは言えない。鉄五郎の文言に、お香代の開いた口が塞がらないでいる。甚八はただ、苦笑いを浮かべるだけだ。鉄五郎が出かけの用意をしているところで、慌《あわただ》しく廊下を走る足音が聞こえてきた。

「おおよそ分かりましたぜ」

時蔵が、息せき切って入ってきた。

「どうやら、きのう御番所の裁きが下ったようで。刑罰は、牢屋敷から小塚原《こづかっぱら》の刑場まで、裸馬に乗せて移され磔《はりつけ》獄門。首は三日二夜、獄門台に晒されるってことで」

恥辱刑として、重罪には千代田城を一周する市中引廻しが付加されるが、時蔵の話だとそれはないらしい。だが、裸馬に乗せられての刑場までの移動は、市中引廻しと同じようなものである。

「処刑は、いつだい？」

「早ければあした将軍様の裁定が下り、あさってには小塚原にて処刑されるそうで。ですが、細かいところまでは……」

分からないと、時蔵は首を振る。

思ってはいたけれど、これほど早い処刑とは。それだけ、罪が重いということだろう。となれば、この朝に是が非でも大久保忠真に、会わなくてはならない。鉄五郎は頭の中で、幕府への供出金として二万両を用意している。

「すぐに出かけねえと」

老中と会うのに着流しでは行けない。鉄五郎はすでに、羽織袴の正装に着替えていた。

川口橋までは、五町ほどである。そこまでならば、速足で行ける。

外に出ると、北風が強い。大川までは追い風で、歩みが速くなってありがたかった。

大川に出ると、桟橋に帆船が停まっている。海にも出られるよう、川舟ではなく、大型の荷船である。船頭が五人でもって、船を手繰《たぐ》る。

「この風では、おそらく海は時化《しけ》ていやしょう。川舟なんかでは、とても江戸湾には出られやせん。大旦那から、これで行けと言われやして」

大川の川面を見ると、白波が立っている。川ならばさほどではないが、海ともなれば相当波が荒いらしい。船を大きくした理由《わけ》を、鉄五郎は得心できた。

「北風に押されやすんで、芝まででしたら、あっという間に着いちまいやすぜ」

帆船にしたのは、北風を考慮したものと、船頭の一人が言った。

すでに帆が張られ、船は動き出している。

永代橋を潜り、佃島《つくだじま》を通り過ぎれば江戸湾である。そのあたりから急激に風と波が強くなった。船は左右に揺られ、大きく傾きをもつ。

二人の船頭で帆の向きを扱い、もう三人は櫂《かい》を操り進路を定める。胴に座る鉄五郎は、右に左にと大きく体が行ったり来たりする。「引き波に気をつけろい！」「船が、横倒しになるぞ！」船頭たちの怒号が飛び交い、鉄五郎は生きた心地《ここち》がしない。

それでもさすがに帆船は速く、四半刻もせずに芝の浜に着いた。だが、鉄五郎は船から降りられない。船酔いが酷《ひど》く、縁にもたれかかってげえげえとやっている。

「塩水を飲むといいですぜ」

船頭から言われ、鉄五郎は海の水を手ですくって飲んだ。すると、いく分酔いが軽くなった。海水を飲むのは、船頭のおまじないであり、たぶんに気分の持ちようからきている。

戻りは歩きにしようと、船を待たせずに帰した。船酔いに懲りたこともあるが、五人の船頭と荷船を、自分一人のために拘束させておくわけにはいかないとの思いであった。

船から降りても目が回り、足元がふらついている。

「……早くしねえと」

もうすぐ朝五ツを報せる鐘が、増上寺《ぞうじょうじ》から聞こえてくるはずだ。鉄五郎がふらつきながらも、芝の船着き場から大名家の長屋塀伝いを歩き、通りへと出た。

三

大久保家の唐破風《からはふ》屋根の正門が目に入ると、鉄五郎は気持ちをピシッとさせた。船酔いも、だいぶ治まっている。

「間に合った……」

門は閉まっている。そのとき、時の鐘を報せる捨て鐘が三つ早打ちで鳴った。しかし、門番の動きはない。以前来たとき、門番とは顔見知りになっている。鉄五郎は躊躇《ちゅうちょ》することなく、門番に近づいた。

「大久保様に、火急にお目通りしたいと……」

「おや、あなた様はたしか萬店屋の……？」

萬店屋の統帥であることは、以前に明かしてあるので応対が違う。門番の態度と言葉遣いは、丁重なものであった。

「いや、殿は半刻前に屋敷を出られた。何やら今朝ほどは早く登城し……」

そのあとの門番の言葉は、鉄五郎の耳に入ってきてはいない。もし、大名行列のような進みでいけば、途中で追いつくかもしれない。鉄五郎は、東海道に通じる大通りに出ると、四人で担ぐ早駕籠《はやかご》を拾った。大久保忠真の行列が、どの道を通るか分からない。だが、桜田門から大手門を潜《くぐ》り千代田城に入るのを、鉄五郎は以前に聞いて知っている。

「桜田門外に、急いでくれ。一番近い道を通ってな」

鉄五郎は、財布の中から四両を取り出すと、駕籠舁に酒代として渡した。

「へい、がってんだ」

一人頭一両もらえば、四人の脚は速足となる。これなら追いつけるかもしれないと、鉄五郎は気が急く。駕籠の揺れで、鉄五郎はまたも気分が悪くなり吊り紐につかまり嘔吐《おうと》を堪えた。

四半刻ほどで桜田門外に着いたが、その中までは入ることはできない。

「これで追い越しただろう」

鉄五郎は駕籠から降りて、大久保忠真の登城を待った。ここで大名駕籠を止めて、直談判をしなくてはならない。しかし、待てど暮らせど大久保忠真の乗り物は見えてこない。ほかの幕閣重鎮の隊列が、城内へと入っていくだけである。

ここで老中大久保忠真と会えなければ、国分半兵衛は小塚原で磔の刑となる。鉄五郎は来てくれと頭の中で拝みながら、忠真の到着を待つが、とうとう四ツを報せる鐘の音が鳴り出した。

考えれば、老中の登城が、大名行列のようにそんなに悠長に進むわけがない。しかも、重要な事案があればなお更であろう。鉄五郎は、自分の見識のなさを恨んだ。

「おそらく今ごろは、町奉行から裁きの書簡を受け取っているころだな」

大久保忠真の早出の登城は、国分半兵衛の事案に関してだろうと、鉄五郎の頭の中は悪いほうに向いた。

濠《ほり》を伝わり寒風が吹きつける中、呆然とたたずむ。

「万事休すか……いや、まだ手はある」

だが、どう手を尽くすか考えが空回りするだけだ。

「そうだ、こんなことをしちゃいられねえ……」

萬店屋本家に、いつ三善屋から報せが入るか分からないのだ。

「旦那、どうなさいます？」

駕籠を待たせておいてよかった。

「急ぎ、日本橋高砂町は浜町堀の小川橋まで行ってくれ」

行き先を言っても駕籠は動かない。「そうか、酒手か」と、鉄五郎はさらに四両を渡した。世の中、金次第を実感する。

高砂町の家に戻ると、甚八が鉄五郎の戻りを待っていた。

お香代と与助、そして時蔵は仕事がある。鉄五郎が出たあとすぐに、それぞれの職場へと戻った。

甚八が何も言わないのは、まだ本家からの報せがないと取れる。

「どうでした？」

甚八の口から出たのは、首尾にまつわる問いであった。

「いや……会えなかった」

鉄五郎の、気落ちした口調であった。

「いつもなら登城する前に着けたのだが、きょうに限って早出だった。どうやら町奉行の裁きを受け取り、将軍に差し出すための段取りのようだ。もう、万事休すだ」

鉄五郎が、勝手な解釈をした。

「ほかに、手はないですかい？」

「おれもずっとそれを考えていたが、何も思い浮かばない」

そこに、松千代が茶を淹《い》れて部屋へと入ってきた。

「おまえさんらしくない。ずいぶんと、弱気を吐くじゃないのさ」

「お松、聞いていたのか？」

「聞かなくたって、おまえさんの、がっくりと落ちた肩を見ればそのくらい分かるわね。そんなで肩じゃ、三味線《しゃみせん》もずり落ちるってものよ」

「ああ。でもなあ……」

「でもなあじゃ、ないでしょうに……まったく、じれったいったらありゃしない。三味線でも弾いて、少し気持ちを落ち着けたらどうなのさ？」

三味線など弾いている場合ではないと思うも、鉄五郎は松千代の諫めに従うことにした。以前も浩太の意見を聞いて、三味線で気を落ち着かせたことがある。立てかけてある太棹三味線を手に取り、胴を膝の上に置いた。

鉄五郎が爪弾きはじめると、少し間を取り松千代の二上がり調子の三味線が、あとを追ってくる。詞《うた》は語らず、三味線だけの、即興での伴奏であった。

「……調《ととの》った音色だ」

甚八が、目を瞑って新内に聞き惚れている。

鉄五郎の一の糸が、べべベンと重く高鳴りを打つと、松千代の三の糸が高調子で合わせる。新内三味線の響きが、最高潮に盛り上がったところで鉄五郎の音が止んだ。

「どうかしたの？」

「お松のおかげだぜ。うまい手を思いついた」

「ほう、どんな手立てが……？」

「甚さん、人ってのは窮地に陥ったときほど、気持ちを落ち着かせなくちゃいけないもんですな」

「それは、よく言われることで。それで、どんなうまい手を……？」

「時蔵親分は、小塚原で磔の刑と言ってましたよね」

「ええ、それで……？」

鉄五郎の考えが分からないと、甚八が首を傾げる。

下手人、死罪、獄門までなら牢屋敷内の土壇場《どたんば》での処刑となって手が施せない。だが、磔、火焙りの刑だと小塚原か鈴が森の刑場に身柄が移され、刑が執行される。

「小伝馬町から小塚原へは、裸馬に乗せられて引き回されると時蔵親分が言ってた」

「すると、身柄が移される、その途中でってことですかい？」

「ええ、奪い取るのはそのときしかないでしょ」

鉄五郎の顔に、不適な笑いが浮かんだ。

「もちろん、国分半兵衛が真の咎人《とがにん》だと分かったら、小塚原に戻してやる。それまで、ちょっとこっちで預かるってことですよ」

「だからといって、それではこっちの身が……」

「そんな無理して……大旦那の心配が分かります」

松千代が、甚八に同調した。

「萬店屋を潰したって、三善屋にはいっさい迷惑はかけない。そのために屋号を変えているんで。咎めは手前のほうで、一手に引き受ける。だが、そうならないために、策は考えてる。地獄の沙汰も、金次第ってことですな」

奇麗ごとなど言ってられない。鉄五郎の口調は、心に重く響く。

「そこまで言うんなら、俺も乗りますぜ」

甚八が、居住まいを正してうなずきを見せた。

「だったら甚さん。小塚原に移される時ってのを、どうしたら分かりますかね？」

「そのぐれえ、調べりゃすぐに分かるでしょうよ。よしんば分からなくたって、暇な人間はいくらでもいる。日夜ずっと、見張らしとけばいいのでは？」

ここは、人海戦術の策で行こうということになった。急場の人集めなら、口入三善屋が出番となる。

国分半兵衛奪還の、手はずを考えているところであった。

「清吉さんが……」

松千代が、萬店屋の手代清吉の来訪を告げた。

「来たかい。急いで通してくれ」

鉄五郎が言ったと同時に、清吉が入ってきた。うしろに一人、鉄五郎と同じ齢ごろの若い男を従えている。鉄五郎も見覚えのある男だ。

「きのうはご苦労でした」

その男を、鉄五郎が労《ねぎら》った。

建築業三善組の印半纏を着た男は、昨夜集まった旦那衆の一人で栄次郎《えいじろう》といった。若いが、三善組の深川海辺大工町の支店を任される男である。それなりに、目端が利きそうな面構えをしている。

挨拶もそこそこ、栄次郎が切り出す。

「花村貫太郎一座の、居所が分かりました」

「ほんとかい？」

まだ午前中である。たった半日、しかもその半分は夜間である。萬店屋の力を、今さらながら鉄五郎は見せつけられた思いであった。

「それで、どこに……？」

すぐに行こうと、鉄五郎は立ち上がった。だが、栄次郎は動かない。立ち上がったのは清吉であった。

「詳しくは、旦那からお聞きください。これから手前は、見つかったと触れを回さないといけないもので」

そのままにしておくと、三善屋全体でいつまでも捜しつづけなくてはならない。近在の本支店五か所ばかりを回り、そこから伝言でもって触れを広める手段をとると言って清吉は出ていった。

これからは、栄次郎相手に鉄五郎が問う。

「一座は、てんでんばらばらなのかい？」

「いえ、八人全員まとまっていました。ですが、ややっこしいところにおりまして……」

「どこだい？」

「上武藩鳥山家の、下屋敷にいました」

「なんで、そんなところにいるんだ？」

「さあ、手前に訊かれましても」

栄次郎が、首を傾げて鉄五郎の問いに答えた。上武藩鳥山家とは、昨夜の会合では一言も口に出してはいない。

「それにしても、よく見つけたなあ。どのようにして……？」

「上武藩鳥山家の下屋敷は、小名木川《おなぎがわ》沿いにありまして。今母屋の営繕普請の工事をしているところでして。工事を請け負わせている大工の棟梁に、今朝方その話をしましたら、たしかに、その屋敷の中に芝居一座らしき者たちがいたと」

「花村貫太郎一座に、間違いはねえんだな？」

思わず鉄五郎の口調も、興奮気味となる。

「ええ、それとなく確かめてきました。もちろん、こっちで捜してるってのは、絶対に分からないように。棟梁にも、そう言い含めてあります」

栄次郎の機転が、ありがたかった。

「それで、一座はどんな様子だい？」

「どんな様子とは？」

「監禁されてるのか、自由に振舞えているのかってことで……」

「縛られたり、閉じ込められたりはされてはいないようで。ただ、屋敷の外には出られないみたいです」

なぜに花村貫太郎一座が、上武藩鳥山家の下屋敷にいるのか。鉄五郎は、身をもって知りたくなった。だが、これから国分半兵衛奪還の手はずを考えなくてはならない。身が二つも三つも欲しいところだ。

「鉄さん、国分半兵衛のことなら、まだ一日は余裕があるぜ。小塚原に連れていかれるのは、早くてもあさってだろうから。先に、一座の様子を見てきたらどうだい？」

小名木川沿いなら、新大橋《しんおおはし》を渡り半刻もあれば着ける。三善屋の印半纏を着て、大工に成りすまして鳥山家の下屋敷に入ろうとの魂胆であった。

「いや、待てよ……」

鉄五郎はここで、大事なことを思い出した。一座の面々には、鉄五郎の顔は割れているのだ。事件の日に、座員たちとは顔を合わせている。

「おれの顔を、忘れてはいないだろうな」

敵か味方か分からないうちは、迂闊《うかつ》には近づくことができない。ほかに方策がないかと、思案に耽った。

「さてと、どうしようか？」

鉄五郎自身が乗り込むなら、正面切って向かうよりない。危険を冒すかどうかを、鉄五郎は考えていた。

「こんなところで考えていたってしょうがねえ」

鉄五郎が出した結論は、とりあえず三善屋の支店まで行って、工事普請をしている大工に詳しい様子を聞こうということになった。

「俺も行くぜ」

甚八とは、国分半兵衛のこともあって、ここで別れたくはない。今日はとことん付き合うと、甚八が言った。

四

鳥居家の下屋敷に入るのは容易いが、どう一座と接触するか案が浮かばぬうちに新大橋を渡った。

凶作に備えて籾米《もみまい》を貯蔵する御籾蔵につき当たり、大川沿いを二町ほど歩くと、小名木川の吐き出しに万年橋《まんねんばし》が架かる。そこを渡ると、深川海辺大工町である。そこから東に三町ほど行ったところに三善組の支店がある。さらに東に二町行くと高橋《たかばし》が架かる。そこを、戻るように渡ったところが、鳥山家の下屋敷である。

とりあえず鉄五郎と甚八は、栄次郎の案内で三善組の店内で落ち着くことにした。

店といっても、物を売る商いではない。職人たちの出入りが激しく、手代たちとあれこれ工事の段取りを話し合っている。

「鳥山様の屋敷に行って、棟梁を呼んできてくれ」

手の空いている若い手代に、栄次郎は声をかけた。分かりましたと言って、手代が出ていく。

「どうぞ奥へ」

店先では話ができないと、栄次郎の仕事部屋へと入った。建物の図面やら何やらで、部屋の中は散らかっている。

「すいません、取り散らかして」

「いや、忙しいってのがよく分かる。かえってすまねえな、こんなことで」

栄次郎は、広げた図面などを片づけ、座る隙間を作った。

「棟梁が来たら、詳しいことが聞けると思います。手前は、仕事がありますもんで」

栄次郎が部屋から出ていくのは、鉄五郎と甚八の話を邪魔してはいけないとの配慮であるのが受け取れる。

一座が鳥山家の下屋敷に捕らわれているのか、匿われているのかは今の段階では定かでない。だが、大名の下屋敷の中にいたのでは、とても一日や二日……いや、十日経ってもも見つからなかったであろう。

「……それが、たったの半日で」

これが、萬店屋の力なんだと鉄五郎は身をもって感じていた。

「甚さん、百人もいれば足りるかな？」

いきなり鉄五郎から問いが振られ、甚八がきょとんとした顔でいる。

「国分半兵衛を奪うのにいる、人の数ですよ」

「どういった輩《やから》を集めるかだろうな。無頼か浪人たちか……」

「そうだなあ……」

鉄五郎が天井を見上げ、考えているところで慌しく足音が聞こえてきた。

「おっ、来たようだ。今の話は、あとでしょう」

襖が開いて、男が二人入ってきた。一人は栄次郎で、もう一人は四十歳前後の顔が大きく、目が血走った、いかにも大工の棟梁といった感じの男であった。

「この方が、萬店屋の統帥で、鉄五郎さん。そして、こちらが讀賣屋の大旦那である甚八さんです」

話を早く進めるため、身分は明かしていいと言ってある。

「さいですかい、お見それいたしやした」

棟梁の名は浅吉《あさきち》と紹介され、話は本題となった。

「それで、花村貫太郎一座で間違いないでしょうね？」

鉄五郎の問いに「へえ、間違いございやせん」と、浅吉が大きくうなずく。

「それで、一座は屋敷の中で、何をしていますので？」

「それが、なんともよく分かりませんで」

「分からないってのは？」

「それが四、五日前に、八人ほどがぞろぞろとやってきまして。今朝方まではあまり気にもしねえでいたんですが、栄次郎さんから言われちょっと気にかけ探ってみたんです。ですが、今朝からずっと部屋から出てこねえもんで詳しくは……すいやせん」

「なんで、花村貫太郎一座と知ったんで？」

問うたのは、甚八であった。

「ええ。荷車の上に幟《のぼり》が結わってあったもので」

「それで、屋敷に入ってきたときはどんな様子でした？」

「なんだか、女芸人が鼻唄など唄って、楽しそうでしたが」

「楽しそうだっただと！」

一気に鉄五郎の面相が、険しくなった。

鉄五郎が頭の中で描いていた図は、花村貫太郎の座員たちも藩の重鎮たちが犯した横領疑惑事件を知っていて、それで身柄を拘束されたものと思っていた。だが、浅吉の見た範囲では、まったく違う様子である。

「一座は、鳥山家の重鎮が放った追っ手たちだったのか？」

呟きともとれる独り言が、鉄五郎の口から漏れた。

——すると、花村貫太郎と娘の梅若太夫はなんなんだ？

謎が謎を呼んで、鉄五郎の頭の中は、ますます混乱していく。

「だとすると、これは正面切って屋敷の中に入れないな」

だが、鉄五郎はどうしても屋敷に入って、一座の素性を知りたくなった。どうしたらいいかと、浅吉に問うた。

「でしたら、天井裏に上れやすかい？」

今なら天井板の張替えをしているところで、天井裏に上っても怪しまれないと言う。

「そいつは都合がいい。だったら、さっそく……」

鉄五郎は小袖を脱ぐと、腹掛けに股引《ももひき》を穿《は》いてその上に三善組の印半纏《しるしばんてん》を被《かぶ》せた。髷《まげ》をいなせに曲げて、職人の姿となった。

「おお、どこからみてもいっぱしの職人だ」

甚八から煽《おだ》てられ、鉄五郎もその気になった。甚八も讀賣三善屋の半纏から、三善組の印半纏を借りる。そうして堂々と、鳥山藩下屋敷へと潜入した。

一座がいる部屋から二つ空けた部屋で、天井裏に上ることにする。

「暗いから、気をつけてくださいよ」

天井に届くほどの脚立があって、鉄五郎でも容易に上ることができる。浅吉から注意を促され、鉄五郎は天井の羽目板を外すと天井裏へと入った。

暗いが、鉄五郎の目は夜行性にできている。暗い夜が活動の場であるのが、こういうところで役に立つ。羽目板を外してあるので、その明かりだけで充分である。天井板は踏まず、梁に沿って鉄五郎は匍匐《ほふく》で進む。二部屋ほど行くと、下から女の声が聞こえてきた。

「ねえ、友ノ介さん。あたしたち、いつまでここにいなくてはならないの？」

「もう少し、辛抱しな」

「もう少しって、いつなのさ？」

娘たちの不満が募っているようだ。これだけだと、楽しんでいるようには思えない。

だが、無理やり連れてこられたのではなさそうだ。そう考えながら、鉄五郎は天井板に耳をあてた。

「ここの殿様がな、一座の芝居を観たいと言って連れてこられたのだが、一向にお呼びがかからん。座長が殺され、南野座も壊され、行くところもなくなり、路頭に迷おうとしたとき、こちらのご家来から声がかかった」

聞き逃してはならないことを、鉄五郎は耳にしている。

「でも、あれから五日も経つけど、何も言ってこないじゃない。いったい、どうしたっての？」

「だいいち、ここはいったいどちらのお屋敷なの？」

女芸人の問いに、鉄五郎は一座の事情が分かるような気がしてきた。だが、もう少し話が聞きたいと、そこから離れることはない。

「なんだか、上武藩鳥山様のお屋敷と聞いたけど……」

友ノ介の声であることが分かる。

「へえ……すると、お大名のお屋敷なの？」

そのやり取りからは、上武藩鳥山家と一座のつながりは感じられない。おかしいと鉄五郎は首を傾げたが、もう一つ不可解なことがあった。友ノ介以外の男の声が聞こえてこない。鉄五郎は、天井の羽目板を少しだけずらし部屋をのぞける隙間を作った。

友ノ介と向かい合って、三人の女芸人が座っている。女芸人に見えたが、一人は女形であった。紫の水木帽子《みずきぼうし》で、月代《さかやき》を隠している。男の座員は四人いたが、ここにはいない。別の部屋に控えていると鉄五郎は思ったが、それを打ち消す女芸人の言葉があった。

「雪之助《ゆきのすけ》さんたち、きのうから見えないけど、どこに行ったのかしら？」

「友ノ介さんは、知らないの？」

「いや……」

友ノ介の首を振る仕草は、本当に知らないらしい。だが、額《ひたい》に皺《しわ》を刻み考えるところは、何か思う節があると見える。

鉄五郎は、下に降りたい衝動に駆られた。しかし、飛び降りるわけにもいかない。一度引き下がり、まともな形で訪れようと決めた。羽目板を元に戻そうとしたところで、襖戸の開く音が聞こえた。すると、家臣と思われる二人の武士が入ってきた。

「ご家老がお呼びだ、ついて来られい」

「私らもですか？」

「ああ、みんなだ」

平屋で三百坪もある建屋では、家老のいる部屋はどこだか分からない。ましてや天井裏からでは、たどり着くのも困難である。建屋の間取りは、棟梁に聞くのが手っ取り早いと、鉄五郎は元の部屋に戻ることにした。

甚八が、庭で鉄五郎の戻りを待っている。

すると二人の家臣に導かれ、友ノ介と女芸人たちが出てきた。甚八は、その行き先を知らない。

庭に面した榑縁《くれえん》を伝っていく。これは何かあると踏んだ甚八は、屋根の修理を見やる恰好をしてあとを尾《つ》けた。

中庭を半周したところで一行が立ち止まる。

「さあ、入りなされ」

家臣に促され、座員の四人は部屋の中へと入った。腰障子が閉められ、中の様子はうかがいしれない。甚八は、元に戻ると鉄五郎が脚立を伝って降りてくるところであった。

「なんだか女芸人たちが……」

「ええ。家老に呼ばれて出ていった。家老の部屋ってのは……？」

「それなら、知ってるぜ。尾けて、入った部屋を見届けてきた」

鉄五郎は脚立を抱え、家老がいる部屋から二部屋空けて中へと入った。途中で家臣たちと行き交ったが、怪しむ者は誰もいない。

鉄五郎は、同じ方法で天井裏に潜《ひそ》んだ。そして、梁《はり》を伝わり二部屋先を目指した。下から、話し声が聞こえてくる。鉄五郎は、下の様子を目《ま》の当たりにしたく、羽目板を少しずらした。

上座に、脇息《きょうそく》に体をもたれさせた五十歳を過ぎたあたりの老体が座っている。家臣が背後に控える威容は、かなりの重鎮である。話に出てきた、家老であるのに違いない。そして、下座に目を転じた鉄五郎は、思わず驚きの声を上げるところであった。

男衆《おとこし》四人の座員がいて、そのうしろに友ノ介と女座員がいる。鉄五郎が異様に思えたのは、男衆たちの様子である。みな、青ざめた面相で怯《おび》えがうかがえる。着物に乱れはないが、その内にある体は相当傷めつけられているようだ。

「この者たちは知らないと申しておるが、本当か？」

途中から聞くので、家老の言う意味が鉄五郎には伝わらない。

「はい。あの芝居の何がいけないのか、まったく見当がつきません」

答えているのは友ノ介である。

「ならば、なぜにあんな芝居を打《ぶ》った？」

「先だって亡くなった座長が作られた芝居でして。それを、ただ手前どもは演じていただけでございます。あの芝居に何かございましたのでしょうか？」

「あれは、演じてはならない芝居であったのだ」

「すると、もしや……？」

「もしや、なんだ？」

「座長花村貫太郎を殺《あや》めたのは……？」

友ノ介が、睨む視線を家老に刺す。

「そこまでは、知らん！」

と大声で言うが、家老の声音は震えを帯びている。鉄五郎は、それだけでもってこの家老が南野座事件の首謀者だとの勘が働いた。

「……惚けるなんて、卑怯なやろうだぜ」

鉄五郎の呟きは、下には届いていない。だが、まだ勘働きの範囲である。確たる証をつかむには、どうしたらよいかと考えているところに、家老の声が聞こえてきた。

「おぬしたちに藩と家名を知られたからには、残念だが、生かして外に出すわけにはいかなくなった」

いきなり殺意をほのめかす家老の、やけに落ち着いたもの言いが、むしろ恐々とさせる。

「なぜに、手前らが死ななくてはいけませんので？」

震える声で、友ノ介が問う。脇に座る女芸人が、よよとばかりに泣き崩れた。

「不憫《ふびん》と思うが、仕方ない。生かしておいては、当家のためにならん。この者たちを一人残らず、即刻裏庭でもって処罰せよ」

殺す理由すら語らず、町人を虫けらとしか思っていない証である。

「……ふざけやがって。当家のためってより、自分らのためだろうが」

目を血走らせ、鉄五郎に憎悪の念が宿った。

「ご家老。今は、まずいと存じます」

「なぜだ、皆川《みながわ》？」

皆川と呼ばれた家臣は、下屋敷を仕切る長である。

「母屋の改築普請で、大工が大勢入っております」

「そうか。ならば、今夜中にでも始末をしとけ。わしはこれから、藩邸に戻るでな」

「ご家老。始末したあとの、遺体は……？」

外にはやたら捨てられないと、皆川がうかがいを立てた。

「土中深く、庭の隅にでも埋めておいたらよかろう。どうせこの下屋敷は返上し、他家のものになる。そのために、改築普請を施しているのだ。きれいにして戻せと言われてるのでな」

皆川に命じて、家老が立ち上がる。

「つまらん芝居を演じたばっかりに、こんなことになるのだ。死ぬがよい」

座員たちに向けてそれだけ言い残すと、家老は部屋から出ていった。

何がなんだか分からず愕然とし、座員たちは顔を上げられない。女座員の、すすり泣く声が天井にも届いてくる。

「どうしたらいい？」

家老が去ったあと、皆川は座員の処遇に困った。今夜まで、どこかに座員たちを監禁しておかなくてはならない。生憎《あいにく》と、下屋敷には座敷牢がない。下屋敷には、家臣たちが三十人ほど滞在している。普請奉行などもいて、いつもよりその人数は多い。交代で見張ろうということになった。

「手前どもは、大人しくしていますから……」

友ノ介の哀願に、皆川は首を振る。

「可哀想だが、縄だけは打たしてもらう。拙者らも、そんな無慈悲なことはしたくないが、ご家老の命令とあらば仕方ないのだ」

気の毒そうに皆川は座員たちに語りかけ、そしてもう一人の家臣に顔を向けた。

「五人ばかり呼んできてくれ。捕り縄をもってな」

皆川が見張りで残り、もう一人はほかの家臣たちを呼びに行った。

鉄五郎は元の部屋に戻り、脚立から降りた。そこには甚八が待っている。

「どうでしたい？」

「座員の八人を、今夜殺すってさ」

いやに落ち着いた、鉄五郎のもの言いであった。

「なんですって！」

「声がでかいよ、甚さん」

「そりゃ、申しわけない。それでいったい、どういうことで？」

「どうやら、一座が演じた芝居が真実を語るものだったと分かった」

鉄五郎は、見て聞いたままを語った。

「そいつは酷《ひで》えな。何も、殺すことはねえだろうに」

甚八が口をへの字に曲げると顎《あご》が上がり、四角ばった顔が真四角になった。

「そこに、この事件の深い意味が含まれてるんだ。あの馬鹿家老の悪事ってのが。これで、おおよそ読めてきましたぜ」

鉄五郎が、顔に薄ら笑いを浮かべて言い切る。

「それで鉄さんは、どうするつもりで？」

「もちろん、座員たちを救い出すさ。それについては、考えがある」

良案を思いついたと、鉄五郎の態度は落ち着き払っている。

五

夜になり、下屋敷の庭に篝火《かがりび》が煌々《こうこう》と焚《た》かれた。

篝火は、鳥山家が用意したのではなく、三善屋が焚いたものである。邸内を昼間のように明るくする。鉄五郎は、旦那の栄次郎と棟梁に言って、この夜を突貫工事とさせた。

「なぜに、夜通しの工事なのだ？」

「工期に間に合いませんで……」

皆川の問いに、栄次郎が答える。

「そいつは困る」

皆川の困惑する意味が、栄次郎には分かっている。

「手前らだって、夜通し仕事なんぞやりたくはありません。ですが、間に合わないと、皆川様もお困りになるのではございませんか？」

「夜通しってことは、空が明るくなるまでか？」

「そうでないと、突貫工事とは言えません。何か、ご都合の悪いことでも？」

「いや、そんなことはあらん。ご苦労だが、頼む」

額に、汗を滲ませて皆川は言った。

篝火の焚かれた庭で、八人を殺害するわけにはいかない。皆川は、その処分を明日の夜に持ち越そうと決めたようだ。

「皆川様とおっしゃいましたね？」

栄次郎のうしろに控えていた鉄五郎が、皆川の前に立った。

「なんだ、そなたは？」

「皆川様を、高潔なお人と思ってお訊ねします。もしや、今夜この庭で何かなさろうとしておられませんか？」

「なんだと！　どうして、きさまは……？」

「八人を殺して、裏庭に埋めようなんて了見、神仏が見逃すはずはございません」

鉄五郎が、大きく頭を振りながら言う。

「うっ」と唸ったきり、皆川から言葉は出てこない。

「そんなことを平気でやるとしたら皆川様、ここにいるご家臣……いや、鳥山家のご家臣全員、八代に渡って祟《たた》られますぜ。あのご家老の名は、なんと申しますんで?」

「篠武半衛門《しのぶはんえもん》という」

「しのぶはんえもん……あっ!」

鉄五郎が、驚く顔を見せた。ここにも『ぶはん』が出てきた。

「もしや、その篠武というご家老は、以前は上武藩の国元におられませんでしたか?」

「十五年ほど前に国家老から、江戸家老に異動なされたのだが、それがどうかしたか?」

「いえ、なんでもございません」

「おぬしはいったい、何者なのだ?」

「ご覧のとおり、三善組の印半纏を着た大工ですよ。だが、無慈悲な大名家など、掛矢《かけや》でもってぶっ壊すくらいの力はございますぜ」

鉄五郎の啖呵《たんか》に、皆川は首を竦めて怯えを見せた。ここがつっ込みどころと、鉄五郎は眉根を吊り上げ、形相と語調を無頼のものへと変える。

「一つ訊きたいことがある。南野座を襲ったのは、あんたらかい？」

鉄五郎の、相手を尋問する口調は、町人と武士の垣根を越えるものとなった。

「いや、まったく知らんことだ」

「だったら、もう一つ。なぜに男衆の座員を痛めつけ、何を聞き出そうとしていた？」

「花村貫太郎の、本当の名を知ろうとしていた。だが、座員たちは知らぬ存ぜぬだった」

「ならば、もう一つ。座員を痛めつけたのは、あんたらか？」

「拙者らはただ、ご家老に命じられ竹刀でもって打ち据えただけだ。問いはご家老から発せられた。だが、誰も口を割らず……というよりも、本当に知らなかったらしい。それで、ご家老は意地が切れたのだろう。もともと、癇癪《かんしゃく》をよく起こすお人での、それこそ鬼畜と化す卑劣なお方だ。拙者らも、ご家老の命《めい》には逆らえん」

家臣が家老を悪しざまに罵った。上武藩の内情がうかがえようというものだ。

皆川から聞き出そうとしたが、どうやら一連の事件に関しては何も知らないらしい。

それでも、家老篠武半衛門の気性が知れただけでもよしとする。ここに元凶があろうと、鉄五郎は意の中に据えた。

八人の座員は救わなくてはならない。ここで鉄五郎は、口調を戻す。

「皆川様は、無益の殺生を好まれますか？」

「好むわけがなかろう」

「ならば、座員たちを逃がしてあげませんか？」

「いや、それはできん」

「できなければ今すぐにでも、大目付様がここに踏み込みますぜ。無益な殺生は、鳥山家のためにはならんと思われますが」

はったりをかます、鉄五郎の語調に澱《よど》みはない。皆川は、困惑した形相となった。

「何も、皆川様には迷惑はかけません。墓穴は、こちらのほうで掘りますから。ご家老様には、埋めたように見せかけときゃよろしいのでは？」

それでも皆川は迷っているようだ。

「鳥山家か、悪辣な家老か、どちらが大事なんで？」

恫喝《どうかつ》する、鉄五郎の口調となった。

「分かった。そのほうの言うとおりにしよう」

鉄五郎の緩急をつけたもの言いに、皆川がとうとう折れた。

これで座員たちは、鉄五郎に引き取られることとなった。そして甚八と、国分半兵衛奪還の手はずを練る。

「そしたら俺はこれから戻って段取りを組みますぜ」

甚八は下屋敷から去り、鉄五郎は座員が解放されるまで残ることにした。

八人を殺したとして掘られた穴には、普請工事から出た廃材を埋め、遺体の処理をしたように見せかけた。


夜四ツ前に下屋敷から出た座員たちを　とりあえず三善組の支店に一晩匿《かくま》う。そして翌日早朝に小名木川から舟でもって、萬店屋の本家に身柄を移した。

「ここにいれば、もう安全だ」

萬店屋本家で、鉄五郎は改めて座員たちと向き合った。雪の夜の、あの事件以来の再会であった。

「ここはいったい……？」

「萬店屋って知ってますかい？」

「はい。大商人で、ものすごいお金持ちなんでしょ？」

鉄五郎の問いに、女芸人の一人が答えた。

「ここの大旦那さんが、おれとお松を贔屓《ひいき》にしてくれてまして、それで事情を話したら、快く引き受けてくれた。それと、もう一つ驚かすことがある」

鉄五郎が、顔を和《なご》ませて言った。笑顔で焦《じ》らすもの言いに、座員たちは一様に眉間に皺を刻ませた。

「なんですか、驚かすことって？」

「梅若太夫は、今ここで養生をしている」

「なんですって、お梅ちゃんが？」

眉間の縦皺が取れ、一同ほっと安堵の表情となった。

鉄五郎のにこやかだった顔が、真顔に変わる。

「だが、未だに記憶が戻ってないのだ。なんとか治してあげようと、医者に診せているのだが、一向によくはならない」

「かわいそうな、お梅ちゃん」

女芸人三人が、袂《たもと》を目尻にあてて涙ぐむ。

「今はまだ眠っているので、あとで会ってやってくれ」

「ええ、もちろん。すぐにでも、会いたいわ」

「あと、四半刻もすれば目を覚ますだろう」

鉄五郎が言ったところに、襖の外から声がかかった。

「よろしいですかな？」

入ってきたのは、大番頭の多左衛門であった。年恰好から、それなりの押し出しがある。鉄五郎は、それを利用する。

「萬店屋の、大旦那さんだ」

鉄五郎の紹介に、顔色を変えずに多左衛門は一礼をした。このことは、予《あらかじ》め多左衛門と話を合わせている。

「よくぞ、おいでいただけました。遠慮などせずに、ごゆっくりおくつろぎなされ。もうすぐ、朝餉《あさげ》もできますでな、待っててくだされ」

八人が、そろって畳に手をつき礼を示した。

「そんな堅苦しいこと、ここではご無用ですぞ。不便なことがあったら、なんなりと仰せつけてください」

言って多左衛門が部屋から出ていく。

「さすが、大店の大旦那さんてすごいお人。あたし、憧れちゃう」

娘芸人たちの、目つきが変わった。

「それほどではないですよ」

鉄五郎が、苦笑を浮かべて謙遜した。

座員たちを萬店屋に落ち着かせ、家に戻った鉄五郎は、仕上げをどうするか考えていた。

本に書かれてあったことが大まか事実であったのは、家老篠武半衛門が自らの口で証明してくれた。だが、まだまだ不明の点がいくつもある。それを解き明かすには、国分半兵衛を是が非でも奪取しなくてはならない。

刑は早くて明日である。だが、正確な日時までは分かっていない。牢屋敷から小塚原の刑場までの道は、浅草馬道から奥州《おうしゅう》日光《にっこう》街道を真っ直ぐ進み、浅草山谷町《さんやちょう》を通る。千住大橋《せんじゅおおはし》からは、八町ほど手前の街道沿いに刑場がある。

五街道の一つで、昼間は旅人の往来も多いところだ。処刑は見せしめのためもあり、昼最中《さなか》の明るいうちに執行される。

浅草今戸《いまど》までは、町の喧騒があり実行しづらい。

「やるとすれば、その先だな」

鉄五郎が独りごちたところに、甚八が訪れてきた。口入屋の大旦那与兵衛《よへえ》と三善組の番頭源六、そして与助もつれて来ている。

「とりあえず、五十人ほど集めました。少々雇い賃が割高ですが」

与兵衛が人材集めの首尾を語った。

「いくらかかっても、かまいませんぜ」

そして奪還の手はずに入る。伝馬町の牢屋敷から、小塚原までの道が画かれた絵図面を五人が囲んでいる。

「やるとすれば、ここしかないな」

指で鉄五郎が、場所を差した。

「ですが、いつ移されるか分からないのでしょう?」

口入屋の与兵衛が問うた。

「通常ですと、昼前に牢屋敷を出て昼八ツごろには刑場に着くそうです」

与助が答える。

「道中の人通りが、一番多いころだな」

「そこは、任せておいておくんなさい」

鉄五郎の憂いには、源六が答えた。算段が、できている。

大方、奪還の手はずができたところで、岡引きの時蔵がやってきた。

「処刑は明後日《あさって》になるそうです」

だとすれば、一日の余裕ができる。ただし、将軍の裁定が下ったならば、刑の執行は覆ることはない。

幕府への献上金を供出し、老中大久保忠真に恩赦を請う方策は、これで絶たれた。無理やりの奪還しか、国分半兵衛を救い出す方法はなくなった。


その翌々日、伝馬町牢屋敷の裏門が開いたのは、昼四ツ半ごろであった。

正午には、まだ半刻ほどある。

「出てきましたぜ」

出立を見張っていた讀賣屋の与助が、先輩の浩太に声をかけた。

罪状が書かれた札持ちを先頭に、磔刑の槍鉾もちが二名。逃亡に備えて刺又《さすまた》、突棒《つくぼう》を立てた小役人が三名。馬の轡《くつわ》取りと、遺体を処理する非人が四名、そして死罪の指揮を執る同心二名がつく。一行に囲まれ、裸馬に国分半兵衛と見られる罪人が乗る。

背筋をピンと張り、うな垂れた様子はない。

「さすが侍だ。浪人とはいえ、肝《きも》が据わっている」

浩太が感心すると同時に、与助が駆け出した。一足先に、出立を報せるためだ。道端は引廻し刑を見物しようと、人だかりができている。

「あの札にはなんて書いてあるんです?」

「罪人国分半兵衛。南野座の席亭と、旅芸人一座の座長殺しの罪だと書いてある」

文字の読めない町人に、学者らしき男が読んであげている。

見せしめ刑でもあるので、進みは遅い。浅草花川戸《はなかわど》まで、およそ半里の道を半刻以上もかかっている。

さらに浅草聖天町《しょうでんちょう》から山谷堀を渡るまで、四半刻を要している。

「今、山谷堀を渡ったところですぜ」

随所に見張りを立たせ、伝言で逐一報せが入る。

「よし、道を閉じろ」

指揮を執るのは、鉄五郎自らである。今いるのは、山谷堀から十町来たところである。『これより工事中』と看板を立て、入れないよう柵を張って奥州日光街道を閉鎖する。

「大変、ご迷惑をおかけします」

旅人は、赤旗を振った人足に指図され、仕方なく吉原《よしわら》遊郭のほうへと、迂回を余儀なくされる。反対の側でも、同じことがなされている。およそ三町の道に、旅人は一人もいなくなった。人の通りがなくなれば、神社と寺の土壁がつづく、昼間でも陰鬱とした場所となる。鉄五郎は、そこを国分半兵衛奪還の場として選んだ。

そこに、小塚原刑場に向かう一行が差しかかった。

「おや、廻り道をせねばならんのか？」

一行を導く同心が、前に出てきて困り顔を見せた。

「弱ったの、どうにかならんか？」

旗振り人足に、同心がせっつく。

「刑場に向かうのでしたら、どうぞお通りください」

人足が、通行を遮断する柵をどかした。その向こうには、大勢の人足たちがごった返し、銘々に鋤《すき》や鍬《くわ》を手にして道を塞いでいる。「いったい、なんの普請工事をしているのだ？」と、同心が不思議がった。

「咎人《とがにん》さまのお通りだ。仕事を止めよ」

号令を発したのは、三善組の番頭源六であった。道幅一杯に、土の山が盛ってある。

「大変ご迷惑をおかけいたします」と、源六は腰を折って謝罪した。

そこに、曲がり角がある。

「申しわけございませんが、こちらをお通りください」

源六自らが案内人となり、一行を誘導する。

「いったい、なんのための工事なのだ？」

「道が陥没してまして、その補修普請であります。雨が降ると、大きな水溜りができて、危ないものですから」

「左様か。ご苦労であるな」

「さほど、大きな迂回ではございません。寺の塀に添って、半周すれば街道に戻れます」

「そのくらいなら、仕方あらんな。おい、こっちの道を行くぞ」

それ以上は問うこともなく、同心は源六の言葉に従った。

寺と寺の間の小道を、源六が先頭となって進む。一町ほど行くと塀が途切れ、道が折れる。寺の裏側は、鬱蒼《うっそう》とした竹林の中を通る。その中ほどまで来たときであった。

ワァーと喊声《かんせい》が上がり、三十人ほどの徒党が藪《やぶ》の中から姿を現した。みな手に手に大刀を振り上げ、行く手を塞《ふさ》いだ。不気味なのはみな、般若《はんにゃ》やらおかめやら火男《ひょっとこ》のお面をつけて、顔を隠している。着姿をみると、職にあぶれた浪人風情である。頭目だけ、狼の毛皮を纏った山賊のような恰好をしている。さらに、頭から頬被りをして、まったく齢恰好すらうかがえない。

「盗賊の一団ですな。このあたりは、旅人を狙い出没すると聞いてますから」

源六が、同心の一人に小声で話しかけた。

「ここを黙って通すわけにはいかねえ。金目の物を置いていけ」

般若の面を被る、頭目らしき六尺近くもある大男が、太刀を八双に構えて脅しをかけてきた。

「拙者らは、この先の刑場に行く者。どこに、金目の物など持参しておろう。邪魔立てすると、おぬしらも小塚原の露となるぞ」

同心が怯《ひる》まず応酬する。

「ええい、うるせえ。金目の物ならあの馬でいい。咎人ごと奪ってしまえ」

頭目の号令で、徒党三十人が一斉に向かってくる。

「こいつはいけねえ、ごめんなすって」

源六が、真っ先に一目散に逃げ出す。すると、非人たちがあとを追うようについてきた。

「おい、逃げるのではない。逃げると、手痛い仕置きが待っておるぞ」

小役人の制止も聞かず、立て札や槍鋒などを放って去っていく。その場に残ったのは同心二人と、刺又などの得物をもった奉行所の小役人が三人、そして馬と馬上にいる国分半兵衛である。さすが、奉行所配下の役人で、逃げる者はいない。

「すまんが、この馬をいただく。おい、この役人たちを竹に縛って、しばらく身動きができねえようにしとけ」

頭目が命じるも、相手は町奉行所の同心である。すんなりと、言うことを聞くはずもない。死罪の咎人が奪われたとあったら、どれほどの咎を自分たちが負うか分からない。

同心たちも、必死である。「絶対に、咎人と馬を奪われてはならん」と、五人で馬を囲む。

盗賊のほうも、手荒なことはするなと言い含められている。だが、刀や槍で抵抗されては、互いに手負いの者が出てしまう。

「その馬上の人は、無実だ。なので、何もしてない人を磔にすることになるぞ」

野盗らしくない言葉が、頭目の口から発せられた。

「なんだと……ああ、そういうことか」

ここで初めて同心は、野盗の狙いは、馬上の罪人であるのを悟ったようだ。

「分かったら、黙ってその罪人を引き渡せ」

「いや、殺されても、そういうわけにはまいらん」

「役人にも、骨のある奴はいるのだな。だったら、少々手荒なことをさせてもらうが仕方ないだろ。おい……」

般若の面を振って、頭目が命じた。

多勢に無勢で、しかも腕に覚えのある浪人たちが雇われている。

剣戟らしい剣戟もなく、役人たちは、盗賊たちに一撃を与えることもできずに取り押さえられた。

身動きができないように、役人たちを孟宗竹《もうそうちく》に固く縛りつけた。逃げた非人たちは、咎めを恐れて、戻ってきそうもない。

野盗の一人が、慣れた手つきで馬の轡《くつわ》を取った。馬の扱いに長《た》けた浪人のようだ。

国分半兵衛を乗せたまま、引き返す。

「暮六ツになったら、縄を解いてやれ」

「かしこまりました」

日が暮れるまで、二刻ほどある。その分手当てが弾むので、見張りを嫌がる者は誰もいない。

十人ほどを残し、頭目たちは引き上げる。表通りの街道に出ると、道はきれいにならされていた。面前にある寺は、住職のいない廃寺である。朽ちた山門から寺の中へと野盗たちは入った。国分半兵衛に着替えをさせ、身形《みなり》を整えるためだ。

雇われた者たちは、そこで口入三善屋から破格の給金をもらい、それぞれどこへやらと立ち去っていった。

「歩けますかな？」

頭目が、国分半兵衛に問うた。

「ああ、どなたか存ぜぬがかたじけない」

口調はしっかりとしている。足取りも、大丈夫そうだ。国分半兵衛の言葉を聞いて、頭目が般若の面を取った。

「鉄さん、うまくいったようだな」

面を取った鉄五郎に話しかけたのは、讀賣屋の大旦那甚八であった。

馬を街道の立ち木につなぎ、一行は引き上げる。通行止めの柵を外すと、街道は元のように、旅人たちの行き交う道となった。

六

人目に触れぬようにと、戻りは今戸の桟橋に用意させておいた川舟で行くことにした。

用意周到、廻船問屋三善屋に舟の手配をさせておいた。船頭を含め八人乗りの川舟ならば、浜町堀にも入っていける。舟には鉄五郎と甚八、そして国分半兵衛を乗せて大川を下っていく。

「どこに連れていかれるのかな?」

「しばらく、国分さんの身を匿《かくま》います。そこで、これまで何があったか、正直に話していただきたい。ただ、それだけのことです」

半兵衛の問いに、鉄五郎は落ち着いた口調で答えた。

やがて川舟は浜町堀に入ると、小川橋近くの桟橋に着けた。国分半兵衛の話は、鉄五郎の家で聞くことにする。まだ、お里と平吉には会わせたくないこともあった。会ったら真実が聞けるかどうか、そんな不安もあってもう少し我慢をしてもらうことにした。

鉄五郎の家の一部屋で、国分半兵衛を前にして鉄五郎と甚八が向かい合う。

これまで鉄五郎がずっと不思議に思えたのは、国分半兵衛に意外と生気が宿っていたことだ。

「磔までの極刑の裁定を受けて、なぜにそんなに平然としていられるのです?」

鉄五郎は、真っ先に訊いた。

「どんな形であれ、死ぬことなどどうということもない。拙者にとっては、いい死に場所だと思っていたくらいだ」

国分半兵衛の、自虐なもの言いに鉄五郎は大きく首を捻った。

「初めから、死にたいと思ってたのですか？」

「いや。そうでないと、お里と平吉の命を守れないと思ったからだ」

「お里さんと平吉の命を……？」

「いったい、どういうことで？」

問いが、鉄五郎と甚八からつづけざまに発せられた。するといきなり、鉄五郎の片膝が立った。

「半兵衛さん。あんた、誰かを庇っているんでは？」

身を乗り出して、鉄五郎が問う。

「いや、そうじゃねえ。誰かに脅かされていたんでは？」

と、すぐさま問いを切り変えた。

「…………」

だが、半兵衛からの答はない。

「もし、二人のことが心配なら、まったくの無用だ。お里さんと平吉は、こっちのほうで護《まも》っている。ええ、平吉は元気にお手玉で遊んでますぜ。一つ、二つって、半兵衛さんに教わった数え唄を……あなた、その唄を平吉に教えませんでしたか？」

「ええ、教えたが。本当に二人は達者なのか？」

「嘘をついたって、仕方ないでしょう」

鉄五郎の諭《さと》しに、半兵衛の肩はガクリと落ちた。それは、気落ちからではなく、張り詰めていた気が安堵となったにほかならない。

「あとで、ゆっくり会ったらよろしいですぜ。すぐ近くにいますから」

鉄五郎が、破顔しながら言った。


それからというもの、国分半兵衛は鉄五郎と甚八の問いに、澱《よど》みなく答える。

「国分半兵衛さんは、もしや坂上竜之進という名では？」

「いや。誰ですか、その坂上なんとかってのは？」

半兵衛の表情から、嘘はないと鉄五郎と甚八が首を捻る。

「拙者は、生まれたときから国分半兵衛を名乗ってますぞ。生国は安房《あわ》の館山《たてやま》でしてな。遠い祖先は里見《さとみ》家に仕えた槍持ちで、その後は稲葉《いなば》家に代々仕えた家柄で。しかし、拙者はちょっとした粗相でお家を首になり……」

話を聞いていて、読みとは大分ずれを感じる。

「それでは、上州の上武藩とは……？」

「まったく縁がござらんな」

「ならば、なぜに花村貫太郎一座の芝居を観つづけたので？」

この問いは、甚八からである。

「いや、芝居というよりも恥ずかしながら……」

お里をひと目見たときから恋焦がれるようになったと、半兵衛は恥ずかしそうに語る。しかし、禄がないとはいえ、武士の魂が宿っている。決意するまで、二年かかったと気持ちの内を語った。そして二年後、南野座で奇《く》しくも花村貫太郎一座の興行がかかっていた。それは、偶然にほかならず、まったく芝居の筋とは関わりのないことが分かった。

「それでは、なぜに南野座を襲ったと……」

「今だからはっきり言うが、天地天命に誓って拙者がやったのではない」

半兵衛は、きっぱりと言い切った。

「ならば、なぜに無実を訴えなかったので？」

「誰だか知らんが、拙者の名の一部を町方同心に伝えたらしい。なんだか知らんが舅《しゅうと》である喜八郎の口から『ぶはん』って言葉が漏れたとな」

これには、鉄五郎も口が止まった。

「それと、普段から喜八郎とは仲が悪かったこともあってな、それが証とされた。花村貫太郎と娘さんは、顔を見られたからだと勝手に解釈された」

「死罪になりかけたんですぜ。いくらなんでも、何もやってないのに平然としていられるわけはないんでは？」

顔を顰める鉄五郎に代わり、甚八が問うた。だが、これからの半兵衛の話が核心に触れていく。

「訴えようにも、訴えられなかった」

「どうしてです？」

鉄五郎に、言葉が戻った。

「事件の翌日、侍が二人訪ねてきてな、拙者の前に十両を差し出しこう言ったのだ。

『――席亭の葬儀が済んだら、この金で南野座を取り壊せ』とな。それは拙者の一存ではできんと言葉を返した。だが、嫁と子供の命がどうなってもよいのかと脅かされてな。南野座を壊させれば、疑いは拙者に向くと。今思えば拙者を、南野座事件の咎人にさせようとの肚《はら》だったのだな」

「それと、座員たちの居場所をなくし、軟禁するためにだった」

　鉄五郎が、言葉を挟んだ。

「奉行所の吟味では、それほど喜八郎が憎かったのかと言われた。別に拙者は親父を憎くはなかったが、禄もなくだらしのない浪人に可愛い娘をくれたくなかったのだろう。それを、仲違いと取ったらしい」

　お里と平吉の命と引き換えに、自分の命を差し出す。国分半兵衛という男の、武士の魂を見せつけられた鉄五郎であった。

　――こんないい男を、陥《おとしい》れようとした奴らが許せねえ。

「それで、その侍というのはどこの家中の者たちで？」

　ここで、鳥山家の名が出れば、確たる証となるのだが。

「いや、むろん名は出さんかった。ただ二人とも、羽織に三枡の家紋があったのを憶えている」

「三枡の家紋ですって……？　半兵衛さん、平吉に教えた数え唄に、こんな詞がなかったですかい？　えーと『ひとつ　ふたつ　みますのごもん　ゆきのふるよるよつごくすぎて……』って、唄だが」

「それは、少し違うな。みますのごもんではなくて、みはすのごもん。蓮の花の家紋のことだ。おそらく平吉が間違えて憶えたものであろう」

「ならば、雪の降る夜四ツ刻過ぎてってのは……？」

「そういえば、南野座の事件も四つ刻ころだったな。だが、まったくの偶然だ。なぜかといえば、その唄を平吉に教えたのは一年前のことだからな」

「そういえば、そうか」

甚八がうなずき、得心する仕草を見せた。

「ならば『ごにんのさむらい　むりやりに　なくこともどもみちづれに……』ってあるが？」

この部分も、戯作本に出てきた筋とそっくりである。

「なにやら、滝沢馬琴《たきざわばきん》という戯作者が『南総里見八犬伝《なんそうさとみはっけんでん》』という物語を書いたが、それは拙者の生まれ在所である安房の館山が舞台になっている。それはともかくとして、その昔里見家で実際にあった伝説が唄になったらしい」

安房の里見家は、江戸の初期に岳父《がくふ》大久保忠隣《ただちか》の失脚に連座して、伯耆倉吉《ほうきくらよし》に異封となった。

「伯耆に移ってからの藩主里見忠義《ただよし》はとんでもない暴君となり、かなりの殺生をしたらしい。そのことが、唄になって残っているのだ」

国分半兵衛が、平吉に教えた数え唄は、なんと二百年も前に作られたものであった。まったく、上武藩鳥山家の不正事件とは関わりがなかったのである。

だが、無関係とはいえ国分半兵衛の話は、無駄ではなかった。これが糸口となって、真相が暴かれることになる。

「いずれにしても、鳥山家の家老篠武半衛門が関わっていることは確かだ」

それにはもう一つ、これぞといった証が必要となる。殺された花村貫太郎は、いったい誰なのか。そして、戯作者又三郎は、なぜに殺されたのか。その鍵を握るのは、もう一人しか残っていない。

――お梅ちゃんが、思い出してくれればいいのだが。

だが、お梅の回復は、まだまだ時がかかりそうだ。無理に記憶を取り戻そうとさせれば、ますます病は重くなる。自然の治癒しかないと、医者からは言われている。

「半兵衛さん。お里さんと平吉に会いに行きませんか？」

「もちろん！」

鉄五郎は、国分半兵衛の返事を聞くと同時に立ち上がった。

ちょうどそのころ、萬店屋の本家で異変があった。

異変といっても、悪いことではない。梅若太夫の身体は大分癒えて、起き上がれるようになっていた。しかし、頭を強く打った衝撃は、すぐには消えるものではない。仲間の座員と顔を会わせるも、一人の名も憶えてはいない。まだ、自分が誰かすら思い出せずにいる。

「ここはどこ？　あたしはだれ？」

「お梅ちゃんは、本当に俺たちを忘れたのかい？」

床から起き上がったお梅に、座員たちが話しかけてもただ呆然とするばかりである。

「お梅ちゃん、かわいそう」

娘芸人たちは、袂を目尻にあてて涙する。そこに、襖を開けて入ってきたのは、平吉であった。

「おねえちゃん、おきてら」

これまでずっと寝たきりであったお梅が、床に座っている姿を見た平吉が、口を大きくあけて笑顔を見せた。

「おねえちゃん、あそぼ」

お梅の回復を、平吉はずっと待っていたようだ。「うん」と、お梅は小さく返事をした。

「お手玉、しよう」

平吉は、懐から三つの小袋を取り出した。「ひとつ　ふたつ……」と、例の数え唄に合わせてお手玉を手繰る。それをじっと黙って、お梅が見やっている。

「……ちょっと見て、お梅ちゃんのあの真剣な顔」

微かだがお梅の表情の変化に、座員たちがざわめく。

「お梅ちゃん……」

「しっ。黙ってな」

女芸人が話しかけるのを、友ノ介が止めた。無理やり話しかけることもせず、その成り行きを黙って見守る。

平吉が、一所懸命お手玉を手繰っている。しかし三つ玉は、まだ平吉には難しそうだ。

「また落としちゃった」

数え唄が、途中で止まる。そのとき、お梅の手が動いた。何も言わずに、平吉からお手玉を取ると見事な手つきで手繰り出した。

「おねえちゃん、じょうずだね」

その見事さに、呆気に取られた表情で平吉は見とれている。

〽ひとつ一橋天神さまに　ふたつ二掛けの矢をもって
　みっつ三つ子の手を引いて　よっつ吉野の神頼み……

数え唄を唄いながらお手玉を飛ばすうちに、お梅の表情が見る間に変わってきた。呆けていた顔に血の気が戻り、目にも生気が宿るのを誰しもが感じている。

やがて唄が止まり、お手玉もお梅の手に収まった。

「あたし、梅若太夫……あれ、どうしてみんながここに？　座長……お父っつぁんはだいじょうぶなの？」

記憶を取り戻したものの、憶えているのは南野座の事件までである。その現場にいると、お梅は思っているらしい。あたりをきょろきょろと、眺め回している。

「お梅ちゃん……」

友ノ介が、刺激を与えないよう、穏やかな口調で話しかけた。

「どこまで憶えているかな？」

「お侍が三人押しかけてきて……あっ、あのとき」

お梅の顔が、恐怖で引きつる。

「お梅ちゃん、もういい」

　またどうにかなりそうだと、友ノ介はお梅の言葉を止めた。そして、清吉を呼びにやらせる。

「お梅ちゃんの記憶が戻ったので？」

　清吉がすぐに駆けつけてきた。

「すぐに、医者を呼ぶから待っててくれ。それと、鉄五郎さんに報せなくちゃ」

　急ぎ足で、清吉は部屋から出ていった。

　清吉が駆けつけてきたのは、まさに鉄五郎が国分半兵衛と母子を会わせようと立ち上がったときであった。

七

　それから半刻後、お梅は正常に戻ったと、医者の診断があった。

「言葉もしっかりとしている。もう、だいじょうぶだ」

　医者からのお墨付きをもらうが、鉄五郎は半日お梅を休ませることにした。今すぐも、聞きたいことが山ほどあったが、まだ心の傷までは癒えてはいない。座員たちと心を和ませる時を、鉄五郎は作った。

その間にも、国分半兵衛とお里、そして平吉の涙の再会があった。

血のつながった父子でないにしても、国分半兵衛の平吉の可愛がり方は半端でなかった。

「……命を賭《と》してまで、妻と子を救った父親だ」

鉄五郎は、親子の仲むつまじい光景を目にしながら考えていた。

――そうか、あの家老たちを地獄に送ってやる仕掛けが思い立ったぜ。

すると鉄五郎は、半兵衛に話しかけた。

「半兵衛さん、あなた南野座の席亭になりませんか？」

「席亭って……だが、潰してしまいましたぞ」

「小屋なんて、すぐに建てることができる。ええ、立派な芝居小屋を萬店屋が建ててやりますぜ」

「なぜに鉄五郎さんが、そんなことを？」

「いや、そいつはどうだっていい。席亭になるかどうか、半兵衛さんの答が聞きたい」

「拙者……いや、手前は武士を捨てると決意していた。それに、一度は死んだ身。人生をやり直すために、できるとあらば是非にも願いたい」

「だったら、決まりだ。すぐに、立派な小屋を建てますぜ」

鉄五郎は、すぐに動いた。頭の中は、仕掛けの段取りで一杯である。行き先は、浅草諏訪町にある三善組本店である。鉄五郎は、小川橋近くの桟橋に停めてある舟に乗った。子供のころ、鉄五郎は廻船問屋に奉公に出されたので、舟を多少は操れる。船頭の手を煩《わずら》わすことはないと、自分で漕ぐことにした。しかし、船頭でないのであまり上手《じょうず》ではない。舳先をあっちぶつけこっちぶつけしながら大川へと出た。

「船頭を雇えばよかった」

後悔をしながら、艫《とも》で櫓《ろ》を漕ぐ。舟は、蛇行をしながら大川を遡《さかのぼ》っていく。それでも、浅草諏訪町には徒歩よりも早く着けた。

三善組本店で、大旦那の八郎衛門と番頭で棟梁の源六と半刻ほど話し合う。

「住吉町に、三百坪ほどの空き地が売りに出てる。そこに南野座を建てようと思っている」

「大丈夫なんですかい、そんなところに芝居小屋など建てて？」

日本橋住吉町は、鉄五郎たちが住む高砂町のすぐ西側にある。昔は、遊郭吉原があった場所で、今でも茶屋などが残り賑わう場所である。

「幕府の許しならばなんとかなるし、中村座や市村座が、なんて文句を言ってこようがかまわねえ」

近くの堺町《さかいちょう》と葺屋町《ふきやちょう》には、江戸歌舞伎三座の中村座と市村座がある。その近所に、御出木偶芝居と蔑む旅芸人一座や色芸の小屋を建てようというのだ。興行に響くと、苦情が出るのは承知の上である。

「文句があるなら、萬店屋に言えと言ったらいいさ」

「三善組の、総力を挙げて建てますぜ」

八郎衛門と源六を納得させると、工期を一月《ひとつき》として、さっそく新築普請の準備に取り掛からせた。

「住吉町なら、一坪十両として三千両か。地主が渋ったら、その倍を出してもかまわねえ。それと、幕府の根回しとして一万両は必要だな。さっそく、多左衛門さんと相談しなくては」

大川の流れに乗れば、帰りは速い。行きの半分のくらいで、小川橋の桟橋に着くことができた。

萬店屋の番頭多左衛門に、金の無心をする。

「これまた、大変なことをお考えですな。いつも言いますけど、蔵にある金は統帥の物です。お好きなようにお使いなさい。蔵の鍵は、お持ちでございましょ？」

一万両を、一人で抱えては持ち運べない。鉄五郎は、両替商三善屋で一万両の振出手形を融通した。それならば、懐に入れて持って行ける。

お梅と会うのは、翌日にする。そして、花村貫太郎一座の座員にも話しておくことがあった。その前にやることがあると、鉄五郎が向かうのは芝にある大久保忠真の上屋敷である。だが、暮六ツも過ぎ、夜の帳《とばり》が下りようとしている。

夜討ちよりも朝駆けにしようと、鉄五郎は家に戻った。

その夜は深い眠りを取って、翌日の朝となった。

鉄五郎は、廻船問屋三善屋に使いを出しておいた。明け六ツに、川口橋の桟橋に舟をつけてくれと。江戸湾を自分が漕いで通るのは、やはり自信がない。

幸い海は凪《なぎ》っている。船酔いもせず、芝の浜へと着けた。

早く着きすぎたか、正門に門番は立っていない。門の脇に、門番の詰所が建っている。戸口を激しく叩いて、大久保忠真の目通りを願った。

登城前で、まだ忠真は寝床にいる。鉄五郎は、四半刻ほど待たされ忠真と会えた。

「なんだ、こんなに早くから」

不機嫌そうな忠真に、鉄五郎は畳に額をめり込ませて許しを乞うた。畳に拝した手の指先に、一枚の書付が置いてある。

「これを、お納めください」

「なんだ、これは？」

大久保忠真が手に取り見ると、驚く表情となった。

「一万両の、手形ではないか」

「萬店屋から、幕府への寄進です。足りなかったら、遠慮なく……」

「今度は、どんな魂胆だ？」

忠真が、苦笑を浮かべて問うた。

「きのう、小塚原で磔にされる罪人を逃しました」

「鉄五郎の仕業だったのか？」

やはり、老中の耳にも死罪人奪還のことは入っていた。

「その事情《わけ》とやらを聞こうではないか。いくら鉄五郎でも、理由いかんによっては捕らえねばならんからの」

無闇矢鱈《むやみやたら》に鉄五郎がそんな無謀を冒さないことは、忠真にも分かっている。だが、役目柄一応は咎めを口にする。

「はい。まったくの無実でございますので、あのような方法を取らせていただきました」

「取り逃がした同心たちは、きょう切腹になると聞いておるぞ。これは、すぐに止めなくてはならんな。それで、真の下手人は……？」

「おおよそ見当がついております」

「誰だと、申す？」

「一番の黒幕は、上野国上武藩は鳥山家江戸家老篠武半衛門。以前は国家老を務めていた者。それと、藩の勘定奉行など、その一派の犯行と思われます」

「思われますってことは、まだ確定ではないのだな？」

「九分九厘九毛、疑いはないと……」

「なるほどな。両国の芝居小屋の事件には、上武藩鳥山家が絡んでいたのか」

「ですが、藩主の鳥山様は関わりなく、公金横領の発覚を恐れた重鎮たちが元凶と考えております。確たる証を得るため、ご老中様にお許しを願いたい儀がございます」

「なんなりと、申せ」

鉄五郎は、芝居小屋建立の許可を請うた。そして、頭の中で考えている手はずを、四半刻ほどかけて語った。

「おもしろそうだな。よし、分かった。芝居小屋建立の土地の件は、この大久保に任せておけ。江戸三座などに、有無を言わせん」

老中大久保忠真のお墨付きをもらえれば、あとは仕上げに移るだけだ。鉄五郎は、ほっと一息ついた。

「再建なった新南野座のこけら落としの芝居には、ぜひわしも観させてもらうぞ。おお、大目付も一緒にな」

大目付と一緒にと言ったところに、深い意味があった。

「それと、上武藩主の土佐守は、わしのほうで招待することにする。芝居を見せればよいのだな」

大久保忠真が、策に乗ってくれればこれほど心強いことない。

「よろしく、お願いを……」

畳に額をつけて、鉄五郎が拝礼をする。忠真が部屋を去るまでその姿勢となるが、なかなか立ち上がろうとしない。

「いつまで、そんな恰好をしている。頭を上げよ」

鉄五郎が体を持ち上げると、忠真は首を振っている。気が変わったかと、一瞬不安がよぎったがそうではない。

「幕府の金蔵も、少し隙間ができてな」

もう一万両出せとの催促であった。

「かしこまりました」

さすが抜け目がないと、鉄五郎は畳に伏せながら思った。


鉄五郎が萬店屋の本家に行くと、お梅は平吉とお手玉をして遊んでいる。

その周りを、にこやかな顔をして座員たち八人が囲んでいる。

「あっ、おじちゃんだ」

鉄五郎を見るなり、平吉がまとわりついてきた。

「お手玉で遊んでいたのか、よかったな。いい子だから、平吉はおっ母さんとお父っつぁんのところに行ってな」

お梅と座員たちに話があると平吉を諭《さと》し、部屋から出した。その鉄五郎を、お梅は不思議そうに首を傾げて見ている。

「萬店屋さんのご主人のお友達で、鉄五郎さんていうの。お梅ちゃんを助けてくれた人よ」

座員の一人が、お梅に説いた。鉄五郎は、お梅に容態などを聞いたり、世間話をして、すぐに打ち解けることができた。そして、話が事件に触れていく。

「思い出せるところでいいんだ。それと、いやなら話さなくてもいい。だが、語ってくれたら、花村貫太郎座長の仇《かたき》とお梅ちゃんを痛めつけた相手を捕らえ、意趣返しができる」

鉄五郎は、柔らかく言い含めるようにしてお梅に説いた。

「はい、分かっています。座員のみんなからも、仇を討とうねって言われてますし、あたしの体ならもう心配しないでだいじょうぶです」

ここまで回復できていればと、鉄五郎は安堵する。そして話は、南野座事件の真髄に入る。

「あの夜、座員がみんな食事に出ると……」

今後の興行の件で、席亭の喜八郎がやってきた。風邪を引いていたお梅は楽屋に残り、二人の話を聞いていた。そこに、三人の侍がやってきて「――おぬし上武藩鳥山家勘定方にいた坂上竜之進だな。とうとう見つけたぞ」と言って、いきなり抜刀すると斬りつけてきた。

お梅が憶えているのは、そこまでであった。

「それで、充分だ」

鉄五郎はお梅の話の中で、これぞ決め手とする一言をとらえていた。戯作の中では藩名、藩主は架空であったが、主人公は本名で書かれていたのだ。そして、お梅に問う。

「花村貫太郎座長って、以前は坂上竜之進って名だったのか？」

「はい」

「それと、春空一風って戯作名もそうなのかい？」

「はい。父は、座員でいたころに昔の出来事を書いて、西宝堂という版元に頼み戯作本としました。それで父は、ずいぶんとお金がかかったと、ぼやいてましたが」

花村貫太郎とお梅が、これで父娘であることが知れた。お梅の母親は、先代花村市乃丞の妻で、十年ほど前に流行《はや》り病で亡くしている。その経緯は『上武坂の子別れ』の中の、ひと駒として書かれてある。

鉄五郎は、どうしても解けない謎があった。それを、お梅に問う。

「春空一風は都合三作本を作ったよね。最初は『算盤侍雪夜の変事』って題名で、その次が『上武坂の子別れ』そして三作目がなんてったっけ……？」

「三作目は『成金侍　浮世の果』って題名です」

それには、友ノ介が答えた。

「そう、それ」

「でも、二作目三作目は、お父っつぁんが書いたのではないのです」

「では、誰が？」

「一作目の『算盤侍雪夜の変事』の文章がまったく下手《へた》で、これでは売れないと二作目以降は、西宝堂の又三郎って人が代筆したそうです」

お梅の話で、鉄五郎は胸の痞《つか》えが下《お》りたように得心をした。そして、又三郎の殺害も、戯作の内容とつなぎ合わすことができた。おそらく、又三郎も口封じのために殺されたのであろう。この委細に関しては、お梅たちから聞き出すことではない。

「その物語を、一座は芝居に仕立て上げたのだね？」

「はい。最初は先代の花村市乃丞が、これを芝居にしようと言い出したもので」

ここからは友ノ介が語る。

「当時千重蔵と名乗っていた貫太郎座長は逃げる身であって、芝居にすることを嫌がってました。ですが、これは評判になると踏んだ先代は、千重蔵さんの顔を白塗りにし、女形《おやま》の役をさせました。それ以降、人前ではずっと化粧を落とさなかったのです」

友ノ介の話に、貫太郎座長の素顔などもうどうでもよいと鉄五郎は思った。顔形については以後触れることはない。

お梅と友ノ介の話で、確たる証がつかめた。鉄五郎は、ここで座員を部屋の真ん中へと寄せた。

「どうだい、この話でもう一度芝居を打たないか？」

「ですが、箱が……」

友ノ介の問いに、鉄五郎が大きくうなずく。

「それなら任しておきな。今、中村座の隣に、でかい芝居小屋を建ててるから、そこで演じてくれたらいい。一つだけ注文を出すとしたら、物語の中に出てくる藩名、人名をすべて実名にしてもらいたい。藩主の名も出てくる家老の名もだ」

「それはよろしいのですが、さて主役の坂上竜之進と二役の花村貫太郎は、誰に演じてもらえばよろしいでしょうか？」

友ノ介の問いに、お梅と座員たち全員の顔が鉄五郎に向いている。

「おれにやれってか？」

「はい。お父っつぁんも大男でしたし、素顔がどこか似てます。三味線も弾けますし、鉄五郎さんが一番いいかと」

みんなから、やれと言われて鉄五郎はその気になった。

「そうだな。だったら、お松には何をやらすか」

「あたしの、おっ母さんの役でどうでしょう?」

「そいつはいい」

端役も大勢いる。それには、三善屋の奉公人の中で芝居好きを集めて出させようということになった。

大番頭の多左衛門に話すと、自分は南野座の席亭喜八郎の役で出たいと買って出てきた。讀賣屋の大旦那甚八は、藩主鳥山増善の役を望んだ。

萬店屋総力挙げての、大芝居のはじまりであった。


日が経つのは早い。

日本橋住吉町に、江戸三座に劣らぬほどの芝居小屋『新南野座』が建った。屋根に載る九尺四方の櫓《やぐら》には、鳥山家のご紋である『三枡』の幕を張った。

客席は五百人が収容でき、さらに桟敷《さじき》を特等席とした。

讀賣三善屋で大々的に広めたこともあり、こけら落としとなる初日は、二千人が長蛇の列を作る大盛況であった。その分、中村座や市村座は閑古鳥《かんこどり》が啼《な》いている。

老中大久保忠真の口利きで、上武十一代藩主鳥山土佐守増善《ますよし》と、家老篠武半衛門も招かれている。

戯作では、高前藩主風間増業として書かれてある。

「三枡の家紋は、御家と同じでござりますな」

鳥山増善と並んで座る大久保忠真が、破顔でもって話しかけた。

「ええ。一座が三枡の紋とは、これは奇遇でござる」

五十歳も半ばとなる鳥山増善が、上機嫌で答えるた。その傍らに座る、篠武半衛門の顔色は真っ青である。薄暗い客席では、それに気づく者はいない。

ほかには、現役の大目付と目付衆が桟敷に陣取っている。そして国分半兵衛の無実を明かすために、北町奉行も呼んであった。

初日の興行は、正午からである。芝居は全九幕からなる、一刻半を要する超大作である。拍子木が鳴り定式幕が開くと、ずらりと役者が並んでいる。まずは、口上である。座長は花村梅若太夫が務め、鉄五郎と松千代は一番端に座っている。

口上はつつがなく進み、少しの間が空いた。そして木が鳴り、本編の幕開けである。

第一幕は『勘定方御用部屋の場』である。鉄五郎演じる坂上竜之進が算盤を弾き、首を傾げている。「金の勘定がまったく合わない」との台詞《せりふ》からはじまる芝居であった。そこに讀賣屋の甚八が演じる殿様が、部屋へと入ってきた。その滑稽さに、客席から笑いが起きる。真面目な芝居なのに、なぜか喜劇になってしまう。笑いが起きる中、鳥山増善は芝居に釘付けとなり、真剣に見入っている。

「何やら、おかしな芝居であるな」

篠武半兵衛の顔からは、脂汗《あぶらあせ》が噴出している。

「殿、体の具合が悪く、ご無礼させていただきたいのですが」

家老篠武半兵衛が、主君の鳥山増善にうかがいを立てた。

「ならば、外に出ているがよい」

主君の許しを得て立ち上がろうとするも、篠武半兵衛は立ち上がることができない。

隣に座る大目付が、袴をつかんでいたからだ。

「静かに、ご覧なさっていなされ」

いつしか、篠武半兵衛の周りを大目付の配下が取り囲んでいる。

四幕あたりから、鉄五郎の顔は白塗りとなった。六幕から、原作は『成金侍　浮世の果』となる。不正で大金をつかんだ国家老が江戸家老となって江戸に出て、吉原などで散財をする話である。ここで、梅若太夫の手妻が入り、それを観ている家老の篠武半衛門が『祝儀だ、取っておけ』と言って、小判をばら撒く場面となった。

そして、物語は佳境《かきょう》に入る。

不正の発覚を恐れた家老篠武半衛門は、手元配下の家臣を使い、元藩士であった花村貫太郎こと坂上竜之進を討つべく刺客を放つ。第七幕は『南野座楽屋の惨劇の場』という副題がついている。刺客は三人、みな素足である。外に降る牡丹雪《ぼたんゆき》が、刺客の足跡を消していたと、芝居は表現している。

そして八幕は『戯作者又三郎殺しの場』である。不正を知る又三郎から脅された家老篠武半衛門は、ここでも罪を犯す。悪事を暴露した書簡があると又三郎から脅され、その書き付けを奪いに刺客を差し向ける。刺客の役者三人は、南野座に押し入ったのと同じ配役であった。そして、又三郎を匕首《あいくち》で刺し殺すと、書簡だけを奪って逃げた。匕首で刺したのは、無頼の犯行と見せかけるためであった。

最終幕は、八人の座員が殺され庭に埋められる、残虐な場面であった。『してやったりよのう』と、篠武半兵衛が高笑うところで幕が下りた。

すべては家老篠武半衛門の差し金であったことが、芝居で暴露された。ここでは必要がないと、国分半兵衛のことはいっさい出すことはなかった。

鳥山増善の顔色が変わっている。実名を出された篠武半衛門は、その隣でがっくりとうな垂れている。

「いかがかな、鳥山殿。貴殿の知らぬところで、大変なことが起きておりましたのう」

何食わぬ顔で、大久保忠真が鳥山増善に話しかけた。「面目ない」と、増善はうな垂れる。

その傍らで「篠武半兵衛殿、立ちませい」と、隣に座る大目付が、篠武半兵衛に小声をかけた。

花村梅若太夫一座の『算盤侍雪夜の変事』は、たった一日で幕を下ろした。

翌日からは、別の題名で興行が打たれる。手妻もあれば、曲芸の神楽《かぐら》もある。色物を交えて、主目は喜劇であった。櫓の家紋は三枡から『梅鉢《うめばち》』に変わっている。新南野座は、花村一座の専属舞台となった。

鳥山家のその後といえば、家老篠武半衛門と勘定奉行となっている奥村三吾郎は捕らえられ、偽りなく白状した。少し脚色されていたが、ほとんどが芝居の筋と同じであった。そして、不正と殺人事件に携わった家臣などは、みな切腹の沙汰がくだされ断罪となった。

鳥山増善は、監督不行き届きを言い渡され、地の果ての小藩への異封となった。

国分半兵衛は姓を捨て、町人となって新南野座を切り盛りしている。もともと半兵衛も勘定方にあったため算盤には強い。お里の夫、平吉の父親として仲睦まじくして暮らしているという。

聞いていた話を語って、鉄五郎はぐっと酒を呷《あお》った。松千代が、ご返杯と言って杯を差し出す。新内流しから戻った後の、夫婦水入らずの夕餉《ゆうげ》であった。

時代小説

二見時代小説文庫

捨《す》て身《み》の大芝居《おおしばい》 大仕掛《おおじか》け 悪党狩《あくとうが》り3

著者 沖田正午《おきだしょうご》

発行所 株式会社 二見書房
東京都千代田区神田三崎町二―一八―一一
電話 〇三―三五一五―二三一一［営業］
〇三―三五一五―二三一三［編集］
振替 〇〇一七〇―四―二六三九

印刷 株式会社 堀内印刷所
製本 株式会社 村上製本所

落丁・乱丁本はお取り替えいたします。
定価は、カバーに表示してあります。

 ISBN978−4−576−19210−9
https://www.futami.co.jp/